张溥散文研究

曹　原◎著

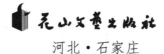

花山文艺出版社

河北·石家庄

图书在版编目（CIP）数据

张溥散文研究 / 曹原著 . — 石家庄 : 花山文艺出
版社，2023.6
ISBN 978-7-5511-6825-0

Ⅰ. ①张… Ⅱ. ①曹… Ⅲ. ①张溥（1602-1641）—
古典散文－古典文学研究 Ⅳ. ① I207.62

中国国家版本馆 CIP 数据核字（2023）第 111797 号

书　　名：**张溥散文研究**
　　　　　Zhang Pu Sanwen Yanjiu
著　　者：曹　原
责任编辑：林艳辉
美术编辑：陈　淼
装帧设计：王　硕
出版发行：花山文艺出版社（邮政编码：050061）
　　　　　（河北省石家庄市友谊北大街 330 号）
销售热线：0311-88643221/34/48
印　　刷：三河市华东印刷有限公司
经　　销：新华书店
开　　本：710 mm×1000 mm　1/16
印　　张：10.5
字　　数：120 千字
版　　次：2023 年 6 月第 1 版
　　　　　2023 年 6 月第 1 次
书　　号：ISBN 978-7-5511-6825-0
定　　价：42.00 元

前　言

　　张溥（1602—1641），字乾度，一字天如，号西铭，南直隶苏州府太仓州（今属江苏太仓）人，崇祯四年（1631）成进士，授庶吉士。崇祯十四年（1641）病卒，私谥"仁学先生"。张溥是明朝晚期重要的文学家和社会活动家。他广泛发动社团运动，联合大江南北的名士结为复社，评议时政、操控选政，有强大的士林感召力。他承接了明代复古派的旗帜，文章"丰蔚典赡，兼家丞、庶子之长"，是晚明引领学术与文学风气转变的重要人物。张溥毕生勤于著书作文，其文集《七录斋集》现存主要有《七录斋集》六卷、论略一卷，《七录斋诗文合集》十六卷，《七录斋近集》十六卷，《七录斋文集》论略二卷、续刻六卷、别集二卷，其中诗歌凡八百七十四首，散文千余篇。对于一位四十岁即逝世的士人来说，这一作品数量是十分可观的。

　　万历三十年（1602）三月，张溥出生在一个士绅地主家庭。先世贫，到张溥的祖父时家境才有所改善。张溥的父亲张翼之是太学生，饱读诗书但久试不第，成人后就在乡打理家族事务。张溥父为人敦厚，极看重友情、亲情。张溥说："先君生而仁恕，尤力于孝悌。王父素严，以嘀嘀遇子姓，独先君先意和顺，加损衣食，视日早暮，咸中节度。"①又云："先君既成家，益慷慨扶擎人，三族之戚，赖以举火者三十余人。闻人之困，若身落难，即素不通名者走而告援，不殚倾橐中予之。"②张溥的伯父张辅之官至南京工部尚书，后来返乡闲居。溥父向来"事兄和谨""万方期适司空意"。起初，在

---

　　① （明）张溥：《七录斋合集》，曾肖点校，济南：齐鲁书社，2015年，第323页。
　　② （明）张溥：《七录斋合集》，曾肖点校，济南：齐鲁书社，2015年，第323页。

他的努力下，兄弟二人的关系比较融洽，张辅之亦曰"吾两人白头兄弟，终身无间言也"。后来受到家中恶奴的挑唆，二人关系逐渐恶化。张辅之的门客与恶奴相勾结，屡次怂恿地痞无赖对张溥父攀扯诬告，"自是讼确连岁不止矣"。面对刁奴恶霸的勒索，求助无门的张冀之不得不有求必应，几乎散尽家财。据张溥回忆："内无以见原于骨肉，外无以自避于恶人。一生施仁行义，急人之穷，如恐不及。乃日与胥伍，伺其颜色饮食，见法吏则头创地，呼天自明，欲归而请救则无涂，欲求援于姻友旧人则不敢。先君将胡为乎？成讼几十年，诬者日见绌，辄追悔，比察讼所根抵，皆某客二奴阴为主，司空不闻也。"① 在张冀之生命的后十年里，兄弟阋墙和恶霸的侵扰使他日日活在失望、痛苦和惊惧愤怒之中，最终于万历四十五年（1617）撒手人寰，终年六十二岁，离世时"张目不语，以手北指，一号而绝"②。

张冀之共有十个儿子，张溥排行第八，又是侧室所出，本来在宗族中不太受重视。但张溥年幼时聪慧嗜学，所以特别受张冀之的喜爱。"从师受读，日可受数千言。暮反，揖虚宇公所，或呼问'今日何书？'琅琅诵不休，虚宇公绝怜爱。"③ 年幼的张溥目睹了父亲的遭遇，深以为辱，洒血书壁曰："不复仇奴非人也！"这引来了刁奴的讥嘲："塌蒲屦儿何能为？"面对讥讽，张溥读书更加刻苦，每读书必要反复抄录，力求铭记于心，"溥幼嗜学，所读书必手钞，钞已，朗诵一过，即焚之，又钞，如是者六七。用是，右手提管处，指掌咸成茧，数日辄割去，冬月手欲，日沃汤数次，其勤学若是，后名读书之斋曰'七

---

① （明）张溥：《七录斋合集》，曾肖点校，济南：齐鲁书社，2015 年，第 323 页。
② （明）张溥：《七录斋合集》，曾肖点校，济南：齐鲁书社，2015 年，第 324 页。
③ 蒋逸雪：《张溥年谱》，济南：齐鲁书社，1982 年，第 4 页。

录'"。父亲去世时，张溥十六岁，出居西郭。

泰昌元年（1620），张溥补博士弟子，开始在苏州地区崭露头角。张采曰："（溥）声闻籍甚，交一时名贤，志为大儒。"① 同年与张采订交。张采（1596-1648）字受先，与张溥并称"娄东二张"，两人交往二十余年，互许姻亲，共历风雨，堪称生死至交。

天启朝是明王朝内忧外患爆发的时期。在统治阶级内部，宦官魏忠贤与熹宗乳母客氏互相勾结，熹宗深居宫中，政事一听魏忠贤所为，天下几乎变成了阉党的天下。阉党把持权柄，残害异己，东林人士和其他正直的士大夫遭到毁灭性的打击。在南北边境，重要关隘接连失守，明军腹背受敌。五年（1625）正月，后金军取旅顺，游击张盘、都司朱国昌等战死；四月，努尔哈赤迁都沈阳，盘踞东北；五月，西班牙殖民者在基隆（原名鸡笼）社寮岛登上了台湾。国内则各地灾害不断，饥荒频发。六月，延安大风雪三月不歇；济南飞蝗蔽天，秋禾荡尽，甚至出现了人相食的惨剧等。

在这段政治氛围最为黑暗血腥的时光里，张溥密切关注时事，积极展开各种社交活动，与娄东、常熟、金沙等周边地区的名儒宿卿结下了深厚的情谊。天启四年（1624），张溥、张采、周锺等人在杨彝的凤基园共举应社。朱彝尊《静志居诗话》云："文社始天启甲子，合吴郡、金沙、檇李仅十有一人：张溥天如，张采来章，杨廷枢维斗，杨彝子常，顾梦麟麟士，朱隗云子，王启荣惠常，周铨简臣，周锺介生，吴昌时来之，钱旃彦林，分主五经文学之选。"② 他尽心经营社团

---

① （明）张溥：《七录斋合集》，曾肖点校，济南：齐鲁书社，2015年，第658页。

② （清）朱彝尊：《静志居诗话》卷二十一，北京：人民文学出版社，1990年，第649页。

事务，使应社获得的迅猛的发展，不仅社员人数剧增，还形成了江南应社、江北应社等松散组织。此期张溥治学也更加勤勉，"自丙寅以迄庚午，出入必与维斗俱，明经、贤书二录，亦幸同列名，驰驱江浒，徘徊京国，风雨鸡鸣，论议不倦"①。天启五年（1625），张溥收养好友沈承的遗孤，以"忱示不没沈"为寓意，为遗孤起名张忱。天启七年（1627），张溥与张采共同起草檄文驱逐阉党顾秉谦，这是张溥第一次亲身参与的政治活动。

明思宗朱由检即位后，坚决绞杀阉党势力、肃清朝廷风气、勤政克己、整顿朝纲，举国上下气象一新。这一年对于张溥和应社来说也是充满了机遇和挑战的一年。崇祯元年（1628）春，好友张采成进士，张溥以覃恩选贡入太学。应社诸子纷纷在会试中崭露头角，张溥亦在廷对中得高等。张溥在京的声望一时无两，遂开成均大会、结燕台社，与东林后裔及宛平、吴门、闽中、江右、娄东、吾松等地在京的名卿硕儒骚坛文酒，倡扬同道，张溥由此名满京都。秋，豫章派艾南英来娄地与应社诸子论学，由于理念不合，双方的矛盾激化。蒋逸雪在《张溥年谱》中分析这一事件云："千子与溥所论，重在文派之争，此与时代、地理均有关系。"另外，在崇祯元年（1628）前后，吴伟业拜入张溥门下，成为党社活动的一员猛将。

崇祯二年（1629），张溥合诸社为一，召开尹山大会宣告复社成立。其"声气之广"为历代所罕见。崇祯三年（1630），张溥等人乡试俱传捷报。复社内群情激昂，张溥遂组织金陵大会特为庆祝。崇祯四年到五年是张溥短暂的出仕时期。四年春的会试，张溥为会魁，吴伟业为会元，殿试吴伟业高中榜眼，张溥受徐光启赏识被授庶吉士并

---

① （明）张溥：《七录斋合集》，曾肖点校，济南：齐鲁书社，2015年，第490页。

在翰林院任职。然而官场黑暗，充满排挤倾轧。张溥不过而立之年，又品性淳古，"所不可，辄面赤不应"，这种书生意气很快受到同僚侧目。加上他与温体仁、蔡奕琛、李明睿等上位者早生龃龉，纵然有座师周延儒的袒护拉拢，张溥在翰林院过得很不顺意。崇祯五年（1632）对张溥来说更是充满着彷徨悲痛的一年，不仅仕途举步维艰，身边亲人朋友也接连逢难。先是至交好友黄道周削籍归里，再是养子忱殁于京。京城的纷争压抑的生活使张溥身心俱疲，年末时请假归乡葬父，并下定决心，此后再不出仕。

张溥归乡后将大量精力投入在社团事业上，复社的发展随之进入了快车道。崇祯六年（1633）由张溥组织召开的虎丘大会到会者达数千人，蒋逸雪指出："复社集会非一次，而以本年虎丘之会为极盛，治党社史者每艳称之。观复社成员之众，足证张氏声气之广。"① 这次声势浩大的集会也标志着复社进入了全盛时期。

张溥家居后肆力读书著书，海内学者争及其门。他之所以得到士子学者的大力追捧，不外乎是因为复社的声气无两和社团所创造的"科举神话"。张溥对加入社团的弟子大力奖掖扶助，每到岁、科两试，屡屡通过公荐、转荐、独荐等方式推举门下弟子。现存收录复社成员名单的有陆世仪《复社记略》、吴山嘉《复社姓氏传略》、吴应箕《复社姓氏》三部文献。经朱子彦先生考证，复社大约有记名社员2 200人，在甲申之变来临前，复社至少有193人中进士，215人中举人。也就是说，复社成员的科举录取比率大约为18.5%，其中进士录取比率为8.7%，举人录取率为9.8%，这样的成绩在历朝历代都是绝无

---

① 蒋逸雪：《张溥年谱》，济南：齐鲁书社，1982年，第29页。

仅有的。① 时人因此评价道"从来社艺未有如是之盛者，嗣后名魁鼎甲多出其中。"②

复社门庭之盛和操纵科场的能力不免引来了当权者的忌惮和旁人的非议。崇祯六年（1633）至崇祯十年（1637），温体仁为首辅大臣，在此期间，不论是复社，还是张溥个人，都遭遇了重大挫折。自入仕参政起，温体仁就与东林人士不睦，在执掌首辅重权后，他更是极力排斥被称作"小东林"的复社。温体仁颇有政治手腕，在朝期间不仅深得崇祯帝信任，又有刑部侍郎蔡奕琛、兵部给事中薛国观等党羽护身。崇祯六年（1633）六月，温体仁之弟温育人作《绿牡丹传奇》讥讽复社，此为温党攻讦复社之端；同年秋，太仓遭遇旱灾，粮食歉收，张采遂写《军储说》为救灾献策，张溥作跋语，苏州理刑周之夔以此控告"溥、采悖违祖制，紊乱漕规"③；八年七月，周之夔再作《复社或问》以泄对"二张"之愤；九年二月，温体仁指使钱谦益旧胥张汉儒告钱谦益及其门人瞿式耜所为不法，企图将钱谦益与复社一网打尽；九年五月，温体仁党羽秘密联络太仓诸生陆文声，指使他疏告二张"倡立复社以乱天下"④；十年二月，在蔡奕琛等的护持下，周之夔再上《复社首恶紊乱漕规逐官杀弁朋党蔑旨疏》状告张溥等人"辇金数万，数人者为之囊橐投之东厂"⑤ 等罪名。

① 朱子彦：《论复社与晚明科举》，《社会科学杂志》2009（3）。

② （清）陆世仪：《复社纪略》，《东林始末（外七种）》，上海：上海书店，1982年，第204页。

③ （清）陆世仪：《复社纪略》，《东林始末（外七种）》，上海：上海书店，1982年，第211页。

④ 文秉：《烈皇小识》，上海：神州国光社，1951年，第128页。

⑤ 陈子龙：《陈子龙诗集》附录二，上海：上海古籍出版社，2006年，第654页。

温体仁常伴君侧，老奸巨猾的他揣摩到了崇祯帝对结党的厌恶和忌惮，于是利用皇帝的这种心理对复社诸人不断发动攻击。他的前几次出击被复社诸人和亲近"东林"的大臣合力化解。然而崇祯九年（1636）之后，复社之狱渐兴，一时"谗小得意，告讦四起"①。迫于舆论压力和天子之威，张溥日日处于危疑震惊之中。张采《祭张天如文》云："方子丑间，两人几上肉，弋人眈视，外传缇骑且至，一日数惊。"②

这段时间张溥不再组织大规模的社团集会，也鲜少公开露面。他将大量的精力用于读书治学与访亲交友。崇祯七年（1634）夏，黄宗羲至太仓并与复社人士会面；崇祯八年（1635），张溥整理刊刻《历代名臣奏议》三百二十卷；崇祯九年（1636）夏，张采在茅山病重几死，张溥为之忧心牵挂，采拟将妻儿托付于张溥；六月，《七录斋诗文合集》刊布，陈子龙等作序；九月，张溥出游苏、锡、江阴，十月始归。崇祯十年（1637），陈贞慧、周镳、梅朗中至娄与张溥论学，陈贞慧赞天如文"丰蔚典赡，兼家丞、庶子之长"。

温体仁的四面出击最终引火烧身，失去了崇祯帝的信任。崇祯十年（1637）秋，温体仁被罢，复社诸人始一展眉。不仅大规模的社事活动再次举行，复社的政治活动也从"地下"回到了"地上"。崇祯十一年（1638），阮大铖潜居南京，企图联络同党，再掀波澜。吴应箕、顾杲、黄宗羲、陈贞慧等起草并散发《留都防乱公揭》，声讨并驱逐了阮大铖。《公揭》对阮大铖的声名影响很大，它击碎了阮大铖在崇祯朝复起的狼子野心。也正是因此，阮大铖在南明弘光朝对复社及

---

① 文秉：《烈皇小识》卷五，上海：神州国光社，1951年，第129页。
② （明）张溥：《七录斋合集》，曾肖点校，济南：齐鲁书社，2015年，第661页。

几社诸子展开了疯狂报复，在南京城掀起一片腥风血雨。

纵然复社之狱稍解，张溥在生命的最后几年仍不顺遂。新的内阁首辅薛国观基本延续了温体仁的政治路线，仍对复社虎视眈眈。张溥身边的亲友接连遭逢大变故，先是其至交好友黄道周因弹劾杨嗣昌夺情而触怒皇帝，被贬为江西布政司都事，崇祯十三年（1640）四月下狱；再是嫡母潘氏和年仅两岁的独子在这段时间接连离世。巨大的悲痛和长期的惊惧生活使他决定倾尽全部心力，扳倒薛国观，彻底摆脱如陷泥淖的被动局面。六月，通过复社诸人和朝中亲近复社大臣的努力，薛国观被逮入京，后被赐死。崇祯十四年（1641），诏起周延儒，黄道周复职。

然而，就在形势逐渐好转的时刻，张溥于崇祯十四年（1641）五月初八丑时突然去世，年仅四十岁。张溥离世当日神志朗澈，并无病兆，故坊间对其死因猜测颇多，或云张溥去世前已知天命，曾自云："月甚明，我将行矣"；或云社员吴昌时背叛复社，以毒药送之入九泉；或云张溥"惮于讥谗而病根已深"。说法众多，今日已难以考证真假。

考察学界现有关于张溥的研究成果，大体可以分为两个方面：一是关于张溥的生平与社会活动；二是关于张溥的思想和文学创作。

对张溥的生平活动的研究始于蒋逸雪《张溥年谱》。年谱作于20世纪30年代，是研究张溥生平最重要的著作之一。然而年谱编撰的时代比较久远，征引文献的来源不够丰富，未能广泛搜罗、细致参证，对张溥的交游情况、著述时间缺乏详尽的考证，存在不少疏漏和错误。

除了年谱之外，还有十余篇专门论及张溥生平活动的文章。如吴景贤《宋明学生运动两大领袖——陈东与张溥》（《学风》1937年第1期）、容肇祖《明末复社领袖张溥》（《读书与出版》1948年第5期）、毛佩琦《复社领袖张溥》(《人物》1987 年第 1 期)、岳歧《明代复社领袖张溥》(《文史知识》1989 年第 6 期)、方良《评晚明社会活动家张溥》(《江南大学学报》2003 年第 1 期)、张余《〈张溥年谱〉补正》(《江苏教育学院学报》2009 年第 3 期)等。这些文章大多考论张溥的生平事迹，赞扬他的品质风范，约等于为张溥作的人物传记。值得注意的是，方良《评晚明社会活动家张溥》(《江南大学学报》2003 年第 1 期)思考了张溥个人仕途碰壁的原因，论文指出"客观的社会制度不容许文人社团的政治化、文人社团本身的能量有限以及张溥自身的一些缺点"造成了张溥政治活动的失败，这给后学打开了新的思路。张余《〈张溥年谱〉补正》(《江苏教育学院学报》2009 年第 3 期)对蒋逸雪《张溥年谱》的部分条目进行了考订，一是纠正了张溥《先考虚宇府君行状》和《哀薄少君兼感忧儿赋痛》两文的系年；二是对张溥的养子张忱，女儿张在贞、王静纫的信息重新考证。文章论据充分，逻辑合理，基本可以取信。

复社是晚明规模最大、影响最深远的社团。张溥作为复社的领袖，历来受到研究者的重视。这类研究成果大多在研究党社运动的同时，对张溥的相关活动也有所涉及。谢国桢《明清之际党社运动考》是较早对明清之际文人结社展开全面研究的著作，著述对复社运动的起兴变化作了丰富的阐述，对张溥的组织才能、文学风格和学术地位，也有少量的评论。容肇祖《述复社》用历史学的研究方法梳理复社的起源和发展，收录了丰富的史料，颇具文献价值。朱倓《明季社党研究》重在对明季江南文社考证源流，肯定了张溥的组织能力。胡秋原《复社及其人物》作于"文革"结束之后，所论着眼于复社诸人的爱国救亡运动，研究具有鲜明的时代印记。近年来，郭英德《中国古代文人集团与文学风貌》大致勾勒了中国古代文人集团的基本类型、构成方式与文化功能，虽然考察的重点仍然是复社的活动方式和社团意识，但对复社的文化意义给予了一定的关注。日本学者小野和子著《明季党社考》，以万历到清初的重大历史事件为线索，探讨了东林党及复社的政治立场和组织方式。何宗美著《明末清初文人结社研究》从思想、学术与文学的角度对复社进行综合研究，强调了复社的尊经复古思想于明清之际学风转变的意义，在结社与文学潮流的关系方面，颇有自己的独到见解，将复社和复社文人的研究向前推进了一大步。丁国祥《复社研究》对复社的发展历程进行了多个角度的考察，并专门讨论了张溥的政治思想和学术思想。王恩俊《复社与明末清初政治学术流变》从学术趋向和学术实践两个角度对复社与明末清初学术流变进行了考察，另考证有《复社登科表》《进士明代任官表》可供后学参考。曾肖对晚明社团进行了持续性研究，且成果突出。先后发表《以谭元春为首的竟陵派与复社诸子的交游》（湖北大学学报 2005 年第 5 期）、《论复社的组织形态与性质特征》（《青海社会科学》2008 年第 1 期）、《明末复社兴起因素考论》（《社会科学家》2009 年第 1 期）、《论竟陵派后期与复社结合的深层原因》（《甘肃社会科学》2011 年第 2 期）等，这些论文主要聚焦于晚明时代背景下的社团生态和文人交谊，所论颇有见地。

上述著述皆着眼于复社的发展进程，对张溥的关注点在于其政治立场和社团角色，部分涉及其文学和学术思想等内容。

张溥的文学创作体量较庞大，留存至今的诗歌散文数量有一千余篇，诗歌八百余首。由于他的散文在作品数量、艺术成就和思想成就等方面表现突出，学界普遍将研究重点放在张溥的散文创作方面，其中《五人墓碑记》是最受关注的文本。文学史中的论述如宋佩韦《明文学史》（商务印书馆 1934 年）举《五人墓碑记》为例评张溥文"亢爽"，举《送侯豫瞻北上》为例评张溥诗"亦颇工稳可颂"。钱基博《明代文学》（商务印书馆 1934 年）一反前人对《五人墓碑记》的推重，评价《五人墓碑记》"急转直落"，"提不起，放不下"，对张溥散文的艺术水平评价不高。张炯等主编《中华文学通史》（华艺出版社 1997 年）认为张溥的散文成就高于诗歌，尤其《五人墓碑记》"劲健凝重，富于激情"堪称一代之佳作。此后的文学史对张溥文学成就的评价大致不出此范围。单篇散文有蒋逸雪《评张溥〈五人墓碑记〉》（《扬州师范学院学报》1978 年第 3 期）、蓝锡麟《谈〈五人墓碑记〉》（《四川师范大学学报》1981 年第 2 期）等。另外，由于《五人墓碑记》入选了中学语文课本，近些年涌现了大量教学研究和文本细读的论文。虽然有些论断颇具闪光点，但这种评点式、片段式的论述，并不能完全展示张溥散文的全貌。

在张溥的文学思想研究方面，《汉魏六朝百三家集题辞》向来是学界考察的重点。如钟涛《张溥文学思想管窥》（《青海民族学院学报》1994 年第 2 期）、提出张溥的《汉魏六朝百三家集题辞》在高扬着文学复古的大旗的同时，又强调"文以情生"。李江峰《从〈汉魏六朝百三家集题辞〉看张溥的文学思想》（《唐都学刊》2006 年第 1 期）分析了张溥的文学思想具体特征，指出张溥所提倡的复古具有鲜明的时代特色。徐行恬《张溥〈汉魏六朝百三家集题辞〉研究》（暨南大学 2019 年硕士学位论文）通过考察时代环境与题辞人物的关联、与张燮《七十二家集题辞》进行比较，比较全面地呈现出《题辞》的思想内容。曾肖《从〈汉魏六朝百三家集题辞〉》看论张溥"知人论世"方法的运用》(《暨南学报(哲学社会科学版)》2006年第5期)以张溥"知人论世"的批评原则为研究对象,分析了张溥在《题辞》中体现的对文学、文人与社会环境的看法。

近年还出现了若干篇以张溥为研究对象的学位论文。分别是莫真宝《张溥文学思想研究》(2008年首都师范大学博士论文)、陆岩军《张溥研究》(2008年复旦大学博士论文)和丁国祥《张溥评传》(凤凰出版社2019年)。《张溥文学思想研究》以文学思想史的研究方法为指导,将张溥的文学思想作为研究对象,重点对张溥的文学观、学术活动与文学思想的关系展开研究。论文指出诗文的社会功能是张溥文学思想的核心,不仅论证张溥在明清之际学术思想与文学思想转变过程中的作用,也对其思想的得失作出了评价。所论较为深入。其中的部分观点,后以《论张溥对前后七子文学思想的扬弃》(《求索》2008年第3期)发表。陆岩军《张溥研究》(2008年复旦大学博士论文)围绕张溥的交游、生平、思想、文学等方面展开了综合研究。论著对张溥散文的研究以文体为线索,对题词、序跋、尺牍、记传、祭文、论说等文体的论述平实允当,引证材料丰富。其中的部分章节,后以《张溥〈七录斋集〉四种考论》(《重庆邮电大学学报(社会科学版)》2014年第2期)、《"天如之名满天下":复社主盟张溥晚明之影响探微》(《兰州学刊》2014年第10期)、《论张溥的散文观》(《兰州学刊》2015年第5期)、《论张溥的诗学观》(《兰州学刊》2016年第7期)、《张溥名字号小考》(《古典文学知识》2019年第6期)补充发表。

通观学界对张溥的研究,可发现关注的重点正在从张溥的社会活动(尤其是结社运动),逐渐向其文学成就转向。而在针对张溥文学成就的研究领域，还存在继续拓展的空间。

　　笔者以《七录斋合集》所收录的 1 000 余篇散文为主要研究对象，在文本分析的基础上，结合张溥的家学渊源、丰富的人生经历，联系明末的政治背景和学术背景，对张溥散文的思想内涵及其艺术特色、价值影响进行分析，以期推进社团文人研究和明末散文形貌的研究。具体来说，本书拟从以下方面展开论述：

　　第一，详细论说张溥参与的政治活动和社团活动。这些活动不仅影响了张溥的人生走向，也在他的思想和散文中留下了深刻的印记。张溥在天启朝时勇于声援苏州民变，参与驱逐阉党的重要成员顾秉谦；崇祯朝时他与温体仁在朝野内外展开角力，并利用自己的影响力展开了营救黄道周、筹划周延儒复相等行动。考察发现，他的一系列政治活动具有明显的反阉和承嗣东林的倾向。组织文社是张溥参加社会活动的重要内容。从复社的建立到社团纲领的拟定，从解决社团内部争端到组织大规模集会，第一大文社的发展壮大凝聚着张溥的心血和精力，充分反映了张溥强大的组织协调能力和审时度势的战略眼光。

　　第二，探究张溥散文中蕴含的思想内涵。本书将他的思想分为经世篇和学问篇分别加以阐述。经世篇主要讨论张溥"致君泽民，言期可用"的政治思想和"齐备五伦，情深义重"的处世思想；学问篇主要讨论张溥"宗经学古，务为有用"的制艺思想和"学综经史，周览古今"的经史思想。他以散文为载体，剖析并试图解决国家出现的各种问题，军事边防、经济民生及世风教化等方面在他的散文中都有独到的见解。除了军政时事和经史学风，张溥还用大量的文墨聚焦身边的人情世事。这些文章不仅反映了张溥对社会治理和制艺治学的思考，也真实全面地展现了明末士大夫的社交生活图景。

第三，探究张溥的文学主张和散文观念。在文学宗法方面，他的主张反映了明代复古派的阶段性发展特征。他推崇汉魏，兼采唐宋八家；他基本认同七子的复古主张，对竟陵派文学主张提出了隐晦的批评。另外，很多经典的文论命题，例如文以载道、文如其人、文体观、文质观、风骨论、文气观等在他的文学思想中都有体现，这使张溥的文学思想具有很强的系统性和学理性。

第四，评述张溥的创作手法和其散文的艺术特色。考察发现，序跋文、论说文、碑记、传状文是张溥写作最多的文体，最能体现张溥的创作风格。他的序跋文传序兼备，字里行间洋溢着诚雅敦厚的儒者风采；论说文说理透彻、气势浑厚，论说时往往察古鉴今，具有哲学思辨的史家思维；碑记、传状文广泛采用夹叙夹议的创作手法，传记人物和事件既深挚感怀，又能慷慨直言。这使张溥散文的审美趣味在复古流派和晚明文人群体中具有独特性，在文坛上有其价值和地位。

受到清代四库馆臣评价的遮蔽，学界长期以来对张溥文学成就的关注不足，相关领域仍有值得开辟的空间。把张溥的散文创作作为研究对象，以生动的个案研究考察复社乃至明朝末年文学生态，这本身就是一件有价值的工作。

目　录

第一章　张溥参与的社会活动

第一节　张溥参与的政治活动

一、声援苏州民变

天启年间，以魏忠贤为首的阉党专擅朝政、网罗党羽、残酷打击异己，无数忠直士大夫惨遭迫害，朝堂内外纲纪颓坏、乌烟瘴气。天启六年（1626），为了进一步镇压异己势力，苏州织造太监李实在魏忠贤的授意下诬告周起元、周宗建、缪昌期、黄尊素、高攀龙、李应昇、周顺昌七人"欺君蔑旨"，企图再兴"七君子之狱"。

天启六年（1626）三月，锦衣卫奉命到苏州逮捕周顺昌，此举遭到了苏州士民强烈的反抗，被称为"千古未有之变"。《明史纪事本末》载：

> 内臣李实复疏参顺昌、攀龙、应昇、尊素、宗建五人，俱矫旨逮系。缇骑挟威横行，所至索金数千。宗建逮行未三日，而逮顺昌者复至，吴中沸然。士民素德顺昌，闻其逮，不胜冤愤。……士民拥送者不下数千人。顺昌出赴使署开

读，巡抚毛一鹭至署，诸生五六百人，王节、杨廷枢、刘羽仪、文震亨等遮中丞，恳其疏救，一鹭流汗不能出一语。缇骑见议久不决，手掷银铛于地，厉声曰："东厂逮人鼠辈何敢置喙！"于是市人颜佩韦等前问曰："旨出朝廷，乃东厂耶？"缇骑曰："旨不出东厂将谁出？"众怒，哄然而登，丛殴缇骑，立毙一人，诸司不复相顾。①

明人姚希孟对当时的情景刻画得更加细致生动：

忽如山崩潮涌，耆然而登，攀折栏楯，直前奋击。诸缇骑皆抱头窜，或升斗拱，或匿厕中，或以荆棘自蔽，众搜捕之，皆搏颡乞命，终无一免者。有蹴以屐齿，齿入其脑，立毙，疑即李国柱云。有逾墙出者，墙外人复痛棰之。②

这是士民阶层自发组织的对阉党暴行的强烈抗击。这次民乱的发生对阉党的震动很大，身在北京的魏忠贤闻之也大为震惊，叹曰："财赋尽在江南，奈何？"可惜的是，开读之变虽然鼓舞了士气，提振了精神，却没能阻止魏忠贤一党对正人君子的迫害。周顺昌最终被押解至京，经受严刑拷打后死于狱中；士民阶层的发动者颜佩韦等五人于当年十月也被杀害，张溥记曰："（五人）临刑相顾笑别，延颈以

---

① （清）谷应泰：《明史纪事本末》第七十一卷，北京：中华书局，1977年，第1153页。

② 陈斌：《周顺昌研究资料汇编》，苏州：苏州大学出版社，2013年，第409-410页

受。"①十一个月之后，魏忠贤伏法。苏州百姓在魏忠贤生祠的废墟上为五位义士修建了墓碑，应社的核心人物杨廷枢在碑上题写了"义风千古"四个大字。

魏阉伏法后，张溥为了进一步表彰苏州市民的抗争精神，特作《五人墓碑记》以记之。这篇文章不仅记录了开读之变发生的经过，也记录了复社诸人对周顺昌的积极谋救，张溥云："吾社之为先行者，为之声义，敛资财以送其行。"②在得知周顺昌即将被逮的消息后，社员们积极为周顺昌筹集资财，以应对阉党的敲诈和恐吓。在锦衣卫的淫威面前，他们派代表慷慨前述民意，言辞滔滔，大义凛然，毫无畏惧。这篇文章揭露了魏阉窃弄权柄、残害忠良的罪行，表彰了士民"激昂大义、蹈死不顾"的精神，同时也表明了张溥与阉党作坚决斗争的政治立场和惩奸除恶、砥砺后人的政治态度。行文畅爽练达，被视为张溥散文中的佳作。

二、驱逐顾秉谦

顾秉谦，苏州昆山人，累官礼部右侍郎、礼部尚书、文渊阁大学士、太子太傅、内阁首辅。他在朝期间诣附魏忠贤谋求高位，是阉党的核心人物之一。《明史·顾秉谦列传》云：

顾秉谦，昆山人。万历二十三年进士。改庶吉士，累官礼部右侍郎，教习庶吉士。天启元年晋礼部尚书，掌詹事府事。二年，魏忠贤用事，言官周宗建等首劾之。忠贤于是谋

① （明）张溥：《七录斋合集》，曾肖点校，济南：齐鲁书社，2015年，第220页。
② （明）张溥：《七录斋合集》，曾肖点校，济南：齐鲁书社，2015年，第220页。

结外廷诸臣，秉谦及魏广微率先谄附，霍维华、孙杰之徒从而和之。明年春，秉谦、广微遂与朱国祯、朱延禧俱入参机务。……忠贤得内阁为羽翼，势益张。秉谦、广微亦曲奉忠贤，若奴役然。……四年十二月至六年九月，凡倾害忠直，皆秉谦票拟。《三朝要典》之作，秉谦为总裁，复拟御制序冠其首，欲用是钳天下口。……初矫旨罪主考丁乾学，又调旨杀涟、光斗等。惟周顺昌、李应昇等下诏狱，秉谦请付法司，毋令死非其罪。①

从《明史》的记载来看，顾秉谦为人庸劣无耻。他持国柄而授逆珰，大肆诬陷杀害忠直之士，破坏国家法纪，以权谋私毫无忌惮，既是阉党的帮凶，也是晚明朝堂的一大奸宦。随着阉党内部在争权夺利中走向分裂，顾秉谦逐渐感到内心不安，他屡次上书乞休，天启六年（1626）八月被熹宗批准致仕回乡。天启七年（1627）冬，顾秉谦至娄东，娄东百姓深以为耻。适逢张溥在乡，他与张采共拟檄文，率娄东士民将顾秉谦驱逐出境：

溥矜重名，采尚节概，言论丰采，目光射人，相砥濯自砺。时魏珰败，鹿城顾秉谦致仕家居，方秉铎于娄中，溥与采率诸士驱之，檄文脍炙人口，郡中五十余人敛赀为志镌石。由是天下咸重天如、受先两人矣。②

---

① （清）张廷玉：《明史》卷三百六，北京：中华书局，1997年，第7843页。
② （清）陆世仪：《复社纪略》，《东林始末（外七种）》，上海：上海书店，1982年，第174页。

这是张溥第一次亲身领导并参与的政治行动。虽然此时的张溥正值乡试落榜的低谷期，后来名满天下的复社也只是一个雏形，但他已经具备了一定的组织能力和地区影响力。这一次活动也进一步提升了张溥在士林阶层的声望，一个坚决忠直、与阉党抗争到底的领导者的形象越来越清晰起来。

崇祯帝登基后，新皇朱由校清算阉党罪行，致仕两年的顾秉谦没有逃过正义的审判。《明史》云："崇祯元年，为言官祖重晔、徐尚勋、汪应元所纠，命削籍。已，坐交结近侍，入逆案中，论徒三年，赎为民。二年，昆山民积怨秉谦，聚众焚掠其家。秉谦年八十，仓皇窜渔舟得免，乃献窖藏银四万于朝，寄居他县以死。"[1]

三、角力温体仁

张溥与崇祯朝重臣温体仁的角力开始于崇祯四年（1631）。这一年，张溥进京参加会试。首辅周延儒出于私心，特意上书皇帝要求作这一年的主考。"其同时奏对称旨，先乌程大拜者阳羡周挹斋先生（即周延儒）主辛未会试，在先生及伟业为座主，自以位尊显无所称于士大夫间，欲介门下士以收物望"[2]，对张溥等复社成员的笼络招揽之意昭然若揭。主考是当年所有新科进士的座师，如无意外，新科进士自然会拜入座师门下，成为座师所属政治集团中的一员。二人初次见面，周延儒对张溥恩礼备至。

---

① （清）张廷玉：《明史》卷三百六，北京：中华书局，1997 年，第 7843 页。

② （清）吴伟业：《复社纪事》，《东林始末（外七种）》，上海：上海书店，1982 年，第 160 页。

张溥是新科进士，虽然是初入仕途的新人，却已经在士林阶层具有了相当的影响，应该说，这种影响力与张溥所具有的政治地位是不相称的。因此，作为"官场菜鸟"的张溥需要一位深谙仕途经济且与他立场一致的前辈为自己指引道路，并适时提供一定的关照。周延儒是官场新贵，他看待问题机智敏慧，深受新帝器重，但他在士林声望不高，又与温体仁多有龃龉。宦海浮沉多年的周延儒野心勃勃，迫切需要更多士林阶层的力量来达到更高的政治目标。在这种情况下，张溥与周延儒顺理成章地形成了默契。进入翰林院不久，张溥便寻找机会弹劾体仁。"缉其通内结党、援引同乡诸子，缮成疏稿，授伟业参之。"①温体仁因此欲重处张溥，周延儒又从中斡旋。

张溥在翰林院里度过了一年光景，像这样直接参与朝政，为朝廷建言献策的机会是他一直以来所渴求的。在朝期间他写下了若干篇疏、议、策、论，内容涉及军事边防、经济盐税、社会教化、用人制度等多个方面。然而年轻的张溥颇有些耿介使气，陆世仪《复社记略》记载："翰苑规制，庶常居造就之到，遇馆长如严师，见先达称晚进。公会隅坐，有命唯诺惟谨。溥任意临事，辄相可否，有代天言作诰命者，文稿信口甲乙，同馆皆忌之；有谮于内阁者，延儒犹委婉为解。"与同僚发生摩擦，再加上多方势力的倾轧，他终于在崇祯五年（1632）借故返乡，结束了生命中短暂的仕宦生涯。

张溥与温体仁的矛盾，虽然与周延儒从中挑拨利用有关，但实际上，自诩为"东林后裔"的张溥与被视为"阉党支持者"的温体仁之间注定势如水火，天然存在着不可调和的对立。崇祯六年（1633）以

---

① （清）吴伟业：《吴梅村全集》附录一，上海：上海古籍出版社，2019年，第1404页。

后，周延儒失意回乡，温体仁当上了内阁首辅，获得了皇帝的极大信任。一直以来，张溥等人以复社为组织形式，广收门徒控制知识界，把持科场、左右政权，堪称官僚体系的民间代理人。周延儒在朝期间，张溥与温体仁的矛盾尚可经他稍稍转圜。周延儒离朝后，双方的矛盾不断加深。坐上首辅之位的温体仁真切地感受到了来自复社的能量和压力，这引起了他的警惕和厌恶，双方随即展开了一系列的暗战。

崇祯六年（1633）六月，《绿牡丹》事件将剑拔弩张的局势彻底引爆。温体仁的弟弟温育仁指使宜兴人吴炳作《绿牡丹》传奇，并让戏团四下演出。此剧表面上讽刺了假名士的欺骗行径、揭露了科场考试的弊端，真实目的在于影射复社的科场运作手段，揭露复社内部的丑恶现象。陆世仪《复社记略》第二卷记载了事件的经过：

> 两粤贵族子弟与素封家儿因淳拜居周、张门下者无数。诸人一执贽后，名流自负，趾高气扬，目无前达。乌程温育仁，相国介弟也，心鄙之，著《绿牡丹》传奇诮之，一时争相搬演。诸门生深以为耻，飞书两张先生，求为洗刷。两张因亲莅浙，言之学臣黎元宽，黎与两张同盟也，因禁书肆、毁刊本、究作传主名，执育仁家人下于狱，狱竟而后归。当是时，粤中皈命社局者，争诵两张夫子不畏强御；而娄江与乌程显开大隙已。[1]

在复社的运作下，温育人的家人被下狱，而张溥等人不仅毫发无

---

[1]（清）陆世仪：《复社纪略》，《东林始末（外七种）》，上海：上海书店，1982年，第208页。

损，还赢得了不畏强权、坚决抗争的名声。《绿牡丹》事件以张溥一方的大获全胜而告终，通过这件事，温体仁更加感到了张溥等人对政治强大的掌控力和影响力，行事愈发谨慎，时刻准备"伺其隙而中之"。

崇祯六年（1633），太仓遭遇了春旱和台风两次自然灾害，受灾的民众不仅难以完成对朝廷的粮食上供任务，就连自身生存所需的口粮也很难满足。当地文士纷纷出谋划策，希望解决这一困难。复社诸人也心急如焚，张采特写《军储说》，张溥为此文作跋。他们建议调整颇费周章的漕运路线，将太仓原本要运往北方的漕粮就近交付给驻军。这个办法减轻了漕运过程中损耗的人力物力，提高了运输效率。如今看来，这个方案有一定可行之处，只是与当时施行的制度有一定区别，有动摇明朝祖制之嫌。复社早期成员中有一人叫周之夔，后来对张溥、张采等人产生了不满，并与复社分裂。在温体仁的挑拨下，周之夔施计骗得《军储说》并诬告二张"悖违祖制，紊乱漕规"，"指（刘）士斗行媚乡绅"[1]。后来"二张"将周之夔考童生受贿之事公布于众，周被众人孤立，在苏州再也无法立足，只得奉双亲回乡。临行前，他仍然愤愤不平，刊行《复社或问》辱骂复社诸人。

崇祯十年（1637）二月，周之夔事件进一步发酵。在温体仁的怂恿下，周之夔不远千里从福建入京，呈《复社首恶紊乱漕规逐官杀弁朋党蔑旨疏》，控告二张和复社诸人的"罪行"，疏云：

> 至溥、采自夸社集之日，维舟六七里、祖道六百人，生徒妄立四配、十哲，兄弟尽号常侍、天王，同己者虽盗、跖

---

[1] （清）陆世仪：《复社纪略》，《东林始末（外七种）》，上海：上海书店，1982年，第211页。

亦曰声气，异己者虽曾、闵亦曰逆邪。下至娼优隶卒、无赖杂流，尽收为羽翼。使士子不入社，必不得进身；有司不入社，必不得安位。每一番岁科、一番举劾，照溥、采操权饱壑，孤寒饮泣，恶已彰闻，犹为壅蔽。臣恐东南半壁，从此不可治矣！其它娄场弊、窝盗贼、诈乡民，有证据之赃，已累巨万。一疏难尽，容臣列款详奏。"①

疏文直指复社广结朋党，操权乱政，并说："伏望皇上立奋乾纲，大破党局"，"乞斩溥、采以谢朝廷"。崇祯皇帝命有关部门"速严查具奏"，一时舆论哗然，二张亦惶恐不已。

同年三月，又有陆文声赴京状告复社。陆文声，苏州太仓人，靠捐钱由监生出身，素无赖，因要求加入复社被拒而与复社诸人结仇。在温体仁授意，蔡奕琛、王时敏具体安排下，陆文声控告二张"倡复社，乱天下"。温顺势将周之夔和陆文声的控告送有关部门审议，想借机兴大狱。提学御史倪元珙、海道副使冯元飚和太仓知州周仲连并非温党成员，他们久拖不回奏，付出了降职的代价对二张予以保护，这使温体仁的计划遇到了挫折。虽然侥幸逃过了温体仁的谋害，巨大的压力使复社几乎遭到了灭顶之灾，张采后来回忆道："方子丑间，两人如几上肉，弋人耽视，外传缇骑且至，一日数惊。"②

崇祯十年（1637）四月，紧张压抑的局势迎来了转机。温体仁的四面出击使得崇祯帝对他产生了怀疑，最终温体仁被迫辞去了首辅一

---

① （清）陆世仪：《复社纪略》，《东林始末（外七种）》，上海：上海书店，1982年，第248页。

② （明）张溥：《七录斋合集》，曾肖点校，济南：齐鲁书社，2015年，第662页。

职，由其门人薛国观继任。薛国观到任后忙于处理内部事务，对复社的打击暂时松懈下来。但是长时间殚精竭虑、惊忡难安的生活损耗了张溥的身体，为他的英年早逝埋下了伏笔。

四、谋救黄道周与周延儒复相

温体仁虽然倒台，但是继任的首辅大臣张至发、薛国观等人基本延续了温体仁的政治路线。薛国观"为人阴鸷溪刻，不学少文"曾经依附阉党与东林为敌。《明史》记载了薛国观的发迹史：

> 魏忠贤擅权，朝士争击东林。国观所劾御史游士任、操江都御史熊明遇、保定巡抚张凤翔、兵部侍郎萧近高、刑部尚书乔允升，皆东林也……国观先附忠贤，至是大治忠贤党，为南京御史袁耀然所劾。国观惧，且虞挂察典，思所以挠之，乃劾吏科都给事中沈惟炳、兵科给事中许誉卿，言："两人主盟东林，与瞿式耜掌握枚卜。"①

此人见风使舵、为了私利毫无操守的嘴脸可见一斑。薛国观入阁后有温体仁之奸却无温体仁之才，"一踵体仁所为，导帝以深刻，而才智弥不及，操守亦弗如。帝初颇信响之，久而觉其奸，遂及于祸"②。

崇祯十三年（1640），为了拔除复社势力，薛国观指使人假借徐怀丹之名作《复社十大罪檄》，称"复社之主为张溥、佐为张采，下

---

① （清）张廷玉：《明史》卷二百五十三，北京：中华书局，1997年，第7538页。
② （清）张廷玉：《明史》卷二百五十三，北京：中华书局，1997年，第7539页。

乱群情，上摇国是，祸变日深"①。檄文罗织二张十大罪名："一曰僭拟天王；二曰妄称先圣；三曰煽聚朋党；四曰妨贤树权；五曰招集匪人；六曰伤风败俗；七曰谤讪横议；八曰污坏品行；九曰窃位失节；十曰召寇致灾。"②将复社定性为"上误君父，下悖物情"的党朋奸徒，并发出倡言："伏读制书严切，仰望锄奸诛叛、激浊扬清不得更容逆党，永长乱源。"③作者慷慨陈词，忠君爱国的嘴脸颇能蛊惑人心。当然，必须承认的是，檄文中的有些指责并不是空穴来风。复社成立不久后，便频频操控科场、讽议朝政，社团内部个别宵小之辈则借社团的声势污坏法纪、谋窃官位，这些确实造成了恶劣的影响。那些对复社不满的人借此机会将这篇檄文大肆传播，张溥等人要面对来自朝廷和民间的双重打击。为打消朝廷的怀疑，张溥在乡专心批读经史，几乎不再过问社事。但实际上"逍遥林下"只是刻意伪装的假象，即使在重压下日日"中夜不安"，张溥也没有放弃自己的政治野心。

同年四月，张溥的好友黄道周以"党邪乱政"罪名被逮下狱。黄道周（1585-1646），字幼平，也作幼玄，号石斋，福建漳州府漳浦县人。天启二年（1622）进士，历官翰林院修撰、詹事府少詹事。南明时，任吏部尚书兼兵部尚书、武英殿大学士。因抗清失败被俘，隆武二年（1646）壮烈殉国。黄道周是明末享有盛名的学者、书画家，他的知交和门生遍布东南，吴伟业、吴应箕等曾问道于黄道周，陈子龙、

---

① （清）陆世仪：《复社纪略》，《东林始末（外七种）》，上海：上海书店，1982 年，第 253 页。

② （清）陆世仪：《复社纪略》，《东林始末（外七种）》，上海：上海书店，1982 年，第 254-255 页。

③ （清）陆世仪：《复社纪略》，《东林始末（外七种）》，上海：上海书店，1982 年，第 256 页。

夏允彝、艾南英是他门下弟子。张溥与黄道周相交多年，他对好友的遭遇深感不平，于是极力联络朝中诸人加以挽救。三个月后，陈子龙在鹿城夜遇张溥，二人商议谋救黄道周，张溥决意"将倾身家以图之"，陈子龙深受触动，然努力未果。崇祯十四年（1641）二月，黄道周戊辰州卫。"虑乎祸患将及，无可解免"，眼看着复社处境日艰，营救黄道周再无指望，复社人等决定扳倒薛国观，彻底瓦解温党残余势力。《明通鉴》记载了薛国观倒台的经过：

> 国观素恶行人吴昌时。及考选，昌时虞国观抑己，因其门人以求见。国观伪与交欢，拟第一，当得吏科。迨命下，乃得礼部主事。昌时大恨，以为卖己，与所善东厂理刑吴道正谋，发丁忧侍郎蔡奕琛行贿国观事。帝闻之，益疑。十三年六月，杨嗣昌出督师，有所陈奏。帝令拟谕，国观乃拟旨以进。帝遂发怒，下五府九卿科道议奏。……帝不怿，抵疏于地曰："成何纠疏！"遂夺国观职，放之归，怒犹未已。……命下陛彦诏狱穷治。顷之，恺再疏，尽发国观纳贿诸事，永淳、奕琛与焉。国观连疏力辨，诋恺受昌时指使，帝不纳。至十月，陛彦狱未成，帝以行贿有据，即命弃市，而遣使逮国观。国观迁延久不赴，明年七月入都。令待命外邸，不以属吏，国观自谓必不死。八月初八日夕，监刑者至门，犹鼾睡。及闻诏使皆绯衣，蹴然曰："吾死矣！"仓皇觅小帽不得，取苍头帽覆之。宣诏毕，顿首不能出声，但言"吴昌时杀我"，乃就缢。明日，使者还奏。又明日许收敛，

悬梁者两日矣。①

吴昌时（？—1643），字来之，浙江秀水人，一说嘉兴人。天启四年（1624），吴昌时与郡中名士组织复社。崇祯七年（1634）进士，官至礼部主事、吏部郎中。后来与佞臣狼狈为奸，贪赃枉法，被崇祯帝处决。此人虽晚节不保、德行有亏，但在崇祯十三年至十四年（1640—1641）的重大政治行动中，确实发挥了重要作用。吴昌时与薛国观有个人旧怨，故成为这次行动的急先锋。他的首告使得崇祯帝对薛国观产生了怀疑，继而臣子们不断上疏，揭发薛的种种罪行，仅用一年多的时间就使得当朝首辅被皇帝彻底厌弃。换句话说，这是一次由社员吴昌时出面，复社暗中组织筹划的重大政治行动，行动缜密大胆、直击要害，行动之雷厉迅速超乎薛国观的想象，以致几无还手余地。"倒薛"的成功体现了以张溥为核心的复社强大的向心力和号召力。《复社纪略》曾列举与复社互通声气的达官名宿，这些人遍及朝野，是复社重要的政治资源。"诸公职任在外，则代之谋方面；在内，则为之谋爰立：皆阴为之地而不使之知。事后彼人自悟，乃心感之。不假结纳，而四海盟心；门墙之所以日广、呼应之所以日灵，皆由乎此"②，可见复社力量之强大。

为了进一步稳定局势，也为了谋救黄道周，张溥与复社众人决定谋划周延儒复出。张溥的这一决定看起来有些让人费解。从周延儒的过往政治表现来看，他的政治立场不算坚定，偶尔在阉党与东林之间

①（清）夏燮：《明通鉴》卷八十七，北京：中华书局，1959年，第3337页。
②（清）陆世仪：《复社纪略》，《东林始末（外七种）》，上海：上海书店，1982年，第216页。

摇摆不定，他虽然表达过对东林党人的认同，但也曾与阮大铖、冯铨、马士英等人来往密切。况且周延儒本身也有不少劣迹，曾因擅权纳贿、宽纵家人、肆意枉法多次被弹劾。然而复社最终还是选择扶持周延儒，其中有三个原因。

第一，朝中无人可用。温体仁及其后继者在十余年间大肆结党营私、排斥异己、打击东林人士，朝中郑三俊、刘宗周、黄道周等名臣皆获罪，或被远谪，或身陷囹圄，造成了"温、薛"之后难觅相才的尴尬局面。吴昌时曾在给吴伟业的信中说过这个情况："虞山（钱谦益）毁不用，湛持（文震孟）相三月即被逐，东南党狱日闻，非阳羡（周延儒）复出，不足弭祸。"[1] 在一众名宦中，钱谦益因东林党魁的身份和"丁丑狱案"遭到了崇祯帝的厌弃，素有高名的文震孟入阁三个月便被迫去职，短时间内只有周延儒有复相的可能。

第二，"非起复宜兴，终是孤立之局"。崇祯十四年（1641），朝政内外交困，几乎已经到了不可收拾的局面。因此，"面对王朝前所未有的困境，复社认为首要的是需要协调好朝廷里各种政治势力。清流与阉党泾渭分明，互相攻击，政策难以下行。复社认为用一个中立身份的人可以最大程度地平衡两派的争执"[2]。从大局考虑，左右逢源的周延儒恰恰是最好的选择。

第三，周延儒与复社的关系比较亲厚。周延儒虽然不是复社的成员，但他与复社成员的交情还是不错的。周延儒是张溥、吴伟业等一干复社名流的房师，在崇祯初年，双方互相提供过政治助力。在周延

---

① （清）吴伟业：《复社纪事》，《东林始末（外七种）》，上海：上海书店，1982：162.

② 朱子彦：《中国朋党史》，北京：东方出版中心，2016年，第517页。

儒返乡期间，他仍与一部分复社成员保持着联系，这也巩固了双方的感情。

在运作周延儒复相一事上，张溥充分体现出运筹帷幄的才能。崇祯十四年（1641），张溥与钱谦益、项水心、徐勿斋、马素修等人在苏州虎丘石佛寺谋划定策。考虑到复社成员吴昌时通过"倒薛"获得了皇帝的信任，又与朝中的宦官相识，决定继续让吴昌时充当联络人。梅曾亮《书〈复社人姓氏〉后》也提到："当党祸方急时，娄东张氏走急卒京师，致书要人，起复周延儒，事乃解。"这个"要人"，指的就是吴昌时。这次行动的花费很是不菲。为了打通关节，张溥在社内筹款二十万金赂要津，据史料记载，这笔钱主要输送给了太监曹化淳，"初延儒既罢，丹阳监生贺顺、虞城侯氏共敛金，属太监曹化淳等营复相，至是得召用"。

同时，张溥与周延儒进行了政治谈判，二人约法三章："公若再相，易前辙，可重得贤名。"并密疏救时十余事，要周延儒复相后务必遵循。延儒亦慨然曰："吾当锐意行之，以谢诸公。"周入朝后，履行了与张溥的诺言，他一方面减少江南地区税粮的征收，另一方面大力提拔朝中的复社人士。《明史·周延儒传》载："首请释漕粮白粮欠户，蠲民间积逋，凡兵残岁荒地，减见年两税。苏、松、常、嘉、湖诸府大水，许以明年夏麦代漕粮。宥成罪以下，皆得还家。复诖误举人，广取士额及召还言事迁谪诸臣李清等。帝皆忻然从之。延儒又言：'老成名德，不可轻弃。'于是郑三俊长吏部，刘宗周掌都察院，范景文长工部，倪元璐佐兵部，皆起自废籍。其他李邦华、张国维、徐石麒、张玮、金光辰等，布满九列。释在狱傅宗龙等，赠已故文震孟、姚希梦等官。中外翕然称贤。"①《明史》所提到的郑三俊、刘宗周、范景文、倪元璐等皆是与复社亲善的名卿。

周延儒还在崇祯帝面前为张溥、张采和黄道周等人开解。清人邵廷采在《东南纪事》中记载了一段君臣对话：

> 八月日讲，上与辅臣从容语及张溥、张采之为人。曰："溥小臣，且不免偏，何以负重名？"周延儒进曰："张溥、黄道周皆有偏，惟是读书博通，所以人人惜之。"上默然。……延儒言："即其读书，亦尚可用。"上不答，惟微笑而已。明日，手敕："曩诸先生面奏，永戍黄道周清操博学，见今戍远子幼，朕心不觉怜悯。彼虽偏迂，并此一番惩创想亦改悔，人才当惜，宜作何赦罪，酌用密议来奏。"辅臣上言："道周向来未经追琢，每有任性率意之咎，自蒙恩谴，裁抑陶镕，闻已甚悔前非，每日在狱手书《孝经》极其感佩天恩，颂扬圣德。……是日，诏复道周少詹事。②

张溥积极运作周延儒的起复，希望能借此遥控政局，让周成为复社在朝中的代言人。只可惜张溥在崇祯十四年（1641）五月突然去世。由于张溥去世突然，当时引起了人们颇多猜测。有关张溥之死的记载曰："张西铭（即张溥）讣音至，延儒惊起曰：'天如奈何遽死！'既而曰：'天如死，吾方好做官。'客曰：'庶常（指张溥）吾道干城，公何出此言？'延儒乃出一册示客曰：'此者天如所欲杀

---

① （清）张廷玉：《明史》卷三百八，北京：中华书局，1997年，第7928页。

② （清）邵廷采：《东南纪事》卷三，邵武徐氏刻本。

之人也，我如何能杀尽？'"①张溥的突然暴毙使得复社一时间群龙无首，卸下包袱的周延儒等人开始为所欲为，这使周延儒很快走上了绝路，也加速了明朝的灭亡。

第二节　张溥的文社活动

晚明社团运动的盛况是一个值得注意的现象。据何宗美先生考证，从泰昌元年（1620）到崇祯十七年（1644）共二十四年的时间里，涌现出了近二百个社团，不论是参与人数之多还是涉及地域之广都远超前代。这一情况的出现主要有三个方面的原因。

第一，前代社团运动的传统和结社经验的累积给晚明社团的发展提供了土壤。社团不是明代横空出世的新事物，它有着历代结社活动的传统和经验积淀。汉代以淮南王刘安和梁孝王刘武为核心的文人群体，是出现较早的有代表性的文学"社团"。自此，文人宴游酬唱之风日渐繁盛，文人集会也逐渐频繁，比较有代表性的如中唐白居易的"香山九老会"、北宋文彦博的"洛阳耆英会"、南宋江西诗社等。②发展至明代，社团的组织和运作已有了丰富的经验可遵循，明朝文人的结社热情也比前代更加高涨。在特定社会环境的催化下，社团活动便如雨后春笋一般蓬勃发展起来。

第二，明代愈演愈烈的党争风气给晚明社团的发展提供了助推器。

---

① （明）周同谷：《霜猿集》，北京：中华书局，1985年，第651页。

② 郭英德：《中国古代文人集团与文学风貌》，北京：北京师范大学出版社，1998年，第149页。

从明朝开国之日起，党争就成为明朝政局摆脱不掉的梦魇。明初，淮西功臣集团和浙东文人集团在朝廷上党同伐异，中晚明以降，浙党、齐党、楚党、宣党、东林党、阉党等各派势力相互倾轧，你方唱罢我登场。党争不绝而国运日衰。晚明国运式微，巨大的社会危机刺激了知识分子的积极用世情怀，他们的集结不再是单纯的意气相投，而是文事继而政治的联合体。"野之立社即朝之树党"，随着社团规模的扩大，明末社团的影响力从文坛逐渐渗透进中央政权，这又吸引了更多知识分子加入，于是社团势力更强，声望更高。

第三，明代经济和交通的发达给晚明社团的发展提供了便利。晚明社会经济繁荣，水陆交通便利，便于文人之间相互拜访交流，参加较远距离的社集雅会。现代南社诗人陈去病在《五石脂》对明末社集的盛况作了详细的描绘："据父老传说，第就松陵下邑论，则垂虹桥畔，歌台舞榭相望焉，郡城则山塘尤极其盛。画船灯舫，必于虎丘是萃，而松陵士大夫家，咸置一舟，每值集会，辄鼓棹赴之，瞬息百里，不以风波为苦也。闻复社大集时，四方士子之驽舟相赴者，动以千计，山塘上下，途为之塞。"每有大型社集举办，四方的文士争相从水路和陆路前往集会。社集现场绚烂夺目，不论是毗邻相望的歌台舞榭，繁华耀目的山塘街市，还是鳞次栉比的画船灯舫，皆是商品经济兴盛的衍生品。

晚明结社风气盛行，具体来看，他们的结社活动呈现出以下独特风貌。

第一，社团种类齐全，其中政治社团和文社尤为突出。"文人之间结社除了娱情悦性、诗酒酬和之外，实用性更加突出，这主要表现在文社的崛起。"①明代以前的文人结社，多为曲水流觞、诗歌唱酬、怡老崇雅，而明代文社在创设之时往往有研习制艺之文的目的，有的社团在发展壮大后还会参与政治治理，看似是八股文社，事实上已经具备了政党的能力。

第二，规模庞大，区域影响力大。吴应箕《复社姓名录》载复社成员两三千人，社员跨地域分布广，集合了北至山东南之湖广地区的若干个小团体，组织社内活动往往动辄数郡名士相聚。这种规模的社团是历代所罕有的。

第三，社团之间多存门户之见，纷争不断。"往者代生数人，相继以起，其议如波；如吴下之正，用修近代之翻，王李后必非先沿为故事。今则各在户庭，同时并角，其议如讼。拟古造新，入途非一；尊吴右楚，我法坚持。彼此纷嚣，莫辨谁是。"②社团由志同道合的人群组成，社团之间的争端实际上是明代文人门户宗派风气蔓延的结果。

一、复社的成立与张溥领袖地位的确立

张溥创建应社肇始于泰昌元年（1620）。这一年，张溥补博士弟子，声名初显，并与张采订交。天启三年（1623），二张与周锺定盟。《复社记略》云："时娄文卑靡，两人有志振起之。溥矫枉过正，取法樊宗，师刘知几；岁试乃踬。闻周介生倡教金沙，负笈造谒之。三人

<hr>

① 郭英德：《中国古代文人集团与文学风貌》，北京：北京师范大学出版社，1998年，第152页。

② （清）陈田：《明诗纪事》万有文库第二集，北京：商务印书馆，1985年，第2700页。

一见，相得甚欢，辨难亘昼夜，订盟乃别。"①与周锺的订交不仅使张溥的治学方向发生了转变，更使张溥收获了一个同样热心社事的坚定盟友。不久后，二张结识了常熟名士顾梦麟、杨彝等人，这些名儒对二张印象很好，共同的学术倾向和政治立场让他们之间的关系不断拉近。

天启四年（1624），张溥、张采、周锺等人在杨彝的凤基园共举应社。关于应社之名，学界有两个说法，一是据顾梦麟的养子顾湄所载，杨彝的凤基园有应亭，几人于应亭之上定约举社，故名应社。不过，以亭台之名命名社团大概只是个玩笑般的巧合。其二，张溥精研《易经》，"应"行之卦有"同人"，属否卦，《彖》"否之匪人，不利君子贞。……小人道长，君子道消也"。小野和子据此指出："否卦正是适用小人，即宦官掌握权力、东林党被驱逐的天启恐怖政治状态。可以认为，应社的人们，是意识到当作为跨越前卦'否'的'同人'，而定了应社之名的。"②以"否极泰来"之意命名社团，可见社团在肇举之初就已经有了致君泽民、挽狂澜于既倒的政治意味。

张溥年少寡言，又刚经历了科举失败，在社中声望不如杨、顾等有所成就的名儒。直到在杨彝、周锺等人的点拨下转变了文风，科举成功，才真正"声誉鹊起""考德问艺人士踵至"。杨彝《谷园集·凤基会业序》记载：

  时在乙丑，娄有名文匡选，张天如与张受先为之。……

---

① （清）陆世仪：《复社纪略》，《东林始末（外七种）》，上海：上海书店，1982 年，第 174 页。

② ［日］小野和子：《明季党社考》，上海：上海古籍出版社，2006 年，第 237 页。

天如年少，试方失意，性固恂恂不能言，受先嚣嚣问余唐市
有人否。……天如博极，文不能句，又好写难字。余不许，
约以通经，诸子即无不经学。二张子才敏，文为一变。时去
立社未三月，声誉鹊起。天如试辄冠军，受先亦前茅。考德
问艺人士踵至。①

后来张溥回忆起这段往事，自己也说："欲昔尝一序其说，多诙愕
怪宕、不可究诘之辞。及今视之，亦难而弗举矣。"②

天启四年（1624）到崇祯元年（1628）是应社的发展期，社团
元老们积极活动，扩大了复社影响力，吸引了更多文士入社。朱彝尊
《静志居诗话》云："当其始取友尚隘，而来之、彦林谋扩大之，迄于
四海。"③张溥后来忆及此也颇为感慨："予读郡城十三子之文，而有感
于应社之道不可以忽也。志成于昔年，而事大于今日，维斗始之，而
十二人广之。"④又云："介生乃益拓而广之，上江之徽、宁、池、太，
以及淮扬、庐、凤与越之宁、绍、金、衢诸名士，咸以文邮致皆受成
事。"⑤经过五年的发展，社团的影响力从苏州府远播至江南广大区域，
应社也扩大为广应社，成为一个组织较为松散的社团联盟。

关于张溥此时在社团的地位，他的门人计东有一段记载，我们可
以仔细考察：

---

① （明）杨彝：《谷园集》，清道光三年谭天成家抄本。

② （明）张溥：《七录斋合集》，曾肖点校，济南：齐鲁书社，2015年，第128页。

③ （清）朱彝尊：《静志居诗话》卷二十一，北京：人民文学出版社，1990年，
第649页。

④ （明）张溥：《七录斋合集》，曾肖点校，济南：齐鲁书社，2015年，第163页。

⑤ （明）张溥：《七录斋合集》，曾肖点校，济南：齐鲁书社，2015年，第163页。

> 盖应社之兴久矣，时天下但知应社耳。大江以南主应社者张采受先、西铭、介生、维斗，大江以北主应社者万道吉、刘伯宗、沈眉生。娄东有应社十子，吴郡有应社十三子，又有五经应社。①

这段材料说明，崇祯元年前后的广应社大致由"江南应社""江北应社"和若干小社团组成，成员之间则形成了"应社十子""应社十三子""五经应社"等小团体。从社团结构来看，张溥是应社建立的发起人之一，是江南应社的主要领导者之一，还是成立江北应社的主要策划者之一；从社员之间关系来看，张溥本身是"应社十子"的一员，曾为《应社十三子》选文供稿，还亲身参与过《五经应社》的撰录，可以说与各个小团体来往都很密切。因此可以推断，随着张溥在这一时期交游渐广、声望渐高，已经成为应社中数一数二的领导者。

崇祯元年（1628），张溥以覃恩选贡入京并在廷对中得高等。《复社纪略》云：

> 明年戊辰，溥以覃恩选贡入京……溥廷、对高等诸贡士入太学者俱愿交欢溥，争识颜面，因集诸多士为成均大会。是时宇内名卿硕儒，前为崔、魏摧折投荒削逐者，崇祯新政，后先起用；闻溥名，皆愿折节订交，骚坛文酒、笺筐车骑，

---

① （清）计东：《改亭诗文集》卷十，清乾隆十三年计璠刻本。

日不暇给。由是，名满京都。①

　　张溥在京与海内名士、东林宿老广泛交往，通过共结燕台社、举行成均大会，"声气已通海内"。这加强了与南北文社的联系，强化了张溥在京城名流政客中的影响力，为社团的进一步发展奠定了基础。

　　岁末，张采赴任临川知县，"遂与溥归，偕同志扬扢社事，而后赴任，由是海内同人翕然共宗天如"②。这一年，熊开元由崇明调至吴江任知县，他的到来给社团发展提供了新的契机。"崇祯之初，嘉鱼熊开元宰吴江，进诸生而讲艺于时。孙淳孟朴结吴翻扶九、吴允夏去盈、沈应瑞圣符等肇举复社。"③熊开元喜好文事，热衷于社事，在他的支持下，吴翻、孙淳、吕云孚、吴允夏、沈应瑞等诸生在吴江建立了复社。此时的复社是于应社之外单独成立的社团，为与后来的复社区分，本书暂将其称为"吴江复社"。

　　吴江复社与应社都是科举文社。甫一成立，就在编选文集时与应社发生了摩擦。"盖应社之兴久矣时，天下但知应社耳。……当日纷纷社集，文字若《南彦》《天下善》《人文聚》诸书，与复社之《国表》一集、三集、四集颇相龃龉。"不仅文集的内容有冲突，两社成员之间也难免会产生矛盾。比如吴江人孙淳既是应社的记名成员，又参与了吴江复社的活动，这种"脚踏两条船"的行为受到应社元老杨廷枢的排斥。计东《上吴祭酒书》云："始庚午之冬，因鱼山熊先生自崇明调

　　①（清）陆世仪：《复社纪略》，《东林始末（外七种）》，上海：上海书店，1982年，第175页。
　　②（清）陆世仪：《复社纪略》，《东林始末（外七种）》，上海：上海书店，1982年，第175页。
　　③（清）朱彝尊：《静志居诗话》，北京：人民文学出版社，1990年，第649页。

宰我邑，最喜社事。孙孟朴乃与我妇翁及吕石香辈数人始创复社，颇为吴门杨维斗先生所不快。孟朴常怀刺谒杨先生。再往不得见。呵之曰：'我社中未尝见此人。'"①

　　这种局面是张溥不愿意看到的。经过一番深思熟虑后，张溥决定举一社之力加入复社。之所以说"加入"而不是"兼并"，是由于两个社团结合之后，"应社"之名不复存在，重组完成的社团以"复社"称之。张溥的这一决定如今看来颇有大局意识。计东评价曰："独西铭先生一人，大公无我，汲引后起。且推鱼山先生主持复社之意，故能合应、复两社之人为前矛后劲之势。"②虽然计东作为张溥门人不可避免地带有感情因素，但这番评价还是比较客观的。首先，应社的发展已经到了瓶颈期。通过五年的迅猛发展和大量的人员扩充，应社不可避免地产生了人员良莠不齐、分社归属冗乱不清、社团纪律模糊废弛等一系列问题。社团的重组使他有机会厘清社团结构、重新为社团制定条规纪律。社团的重组还意味着领导结构的重新调整，这一过程使张溥的领导地位得到了确立和突显。其次，通过名义上的"加入"，原来的应社诸子获得了来自地方官熊开元的认可，此后不论刊印八股文集还是组织集会，甚至遭到政敌攻讦时，复社都得到了地方政府的鼓励和支持。再次，吴江复社中不乏资财丰厚的富户，有的人喜好文事，自力刊印文集；有的人附庸风雅，热衷结交文人儒士；有的对族中子弟寄予厚望，希望借此搭上复社科举"快船"，等等。应社加入后即获得了雄厚的资金支持，有了刊印文集、举办大型集会的资本。

---

① （清）计东：《改亭诗文集》卷十，清乾隆十三年计璿刻本。
② （清）计东：《改亭诗文集》卷十，清乾隆十三年计璿刻本。

二、张溥制定的社团纲领

张溥是创举应社的主要成员之一，虽然起初并不处于绝对领导地位，但却起草了社团最初的章程。陆世仪《复社记略》云："始，周介生之应社，社目若茂苑杨维斗廷枢、徐九一沔、常郡荆石兄艮、虞山杨子常彝、顾麟士梦麟、吴江吴茂申有涯、吴来之昌时、松郡夏彝仲允彝、陈卧子子龙及闽中陈道掌元纶、蒋八公德珰咸在列，而独以凡例为天如手定；盖两人相信在语言文字外，别有契合也。"① 在这时，张溥已经对社团的发展产生了初步构想。

应社最初是比较纯粹的科举文社。张溥在《娄东应社序》中称："同社之以文会也"②。因此他在纲领中明确指出社团的任务是读书修身、要道弘德。其云：

> 夫盛名者非无因而盛，衰者非无因而衰，有志于盛者，必期于后之必不可衰，而后盛可以长保。不可衰者何前所谓读书修身概之矣。读书则稽古不逞，务折群言以要大道，而无暇攻人之瑕，往往时勤而气静，意广而辞让。修身则监前观后，夙夜考引。在我无有余之意而在人无不足之形，故往往以辩则劣，以默则长。凡人乐于议物，拾人之片言微文，以为谈资者，于读书修身，未之有闻也。而其原实起于无志。③

---

① （清）陆世仪：《复社纪略》，《东林始末（外七种）》，上海：上海书店，1982年，第174页。

② （明）张溥：《七录斋合集》，曾肖点校，济南：齐鲁书社，2015年，第341页。

③ （明）张溥：《七录斋合集》，曾肖点校，济南：齐鲁书社，2015年，第341页。

由此正式提出了应社的原则与宗旨，即"上不愧惭于圣贤，中不愧于父母，下不负于一身。凡在吾党者，长幼顺齿，学问强力，岂独教一国哉，通之天下可也"。

张溥格外重视社员之间的关系是否融洽。他在纲领中反复强调："所患者，标榜盛而意见生，空谈多而实事鲜。"应社是科举文社，社员之间互相品评艺文，难免会产生高下之别。为了防止社员之间因此产生裂隙，他指出："文字之出，势不一辙，要取同原而止。或昔之所造，而今以为非；或今之所造，逾时焉而即悔其失。"并进一步提出"朋友之道"："是故朋友之道，出相扬美，入行削相，苟有过而不告，是谄友也，不面告而退有后言，是危友也。"①除此之外，张溥还制定了社员行为准则："毋或不孝弟，犯乃黜。穷且守，守道古处。在官有名节，毋或坠，坠共谏，不听乃黜。洁清以将，日慎一日。"②内容涉及为人应孝悌、困境中也要坚持操守、做官要有名节等问题。

这个时期，应社的主要成员大都未取得功名，因此，研习经书、训练制艺技巧和编选优秀的八股文就成了成员们的主要活动。这些活动定期举行，所有成员都要参加，且有专人负责评价，如果上交不及时还会有处罚，称得上纪律严整、奖罚分明。杨彝曾回忆这段时光："规月会文九篇，十日送一阅，阙则罚，迟罚。文不书名，评无作好。约法既严且详。"③

随着社团逐渐发展壮大，成员更多、地域分布更广，而社内矛盾

---

① （明）张溥：《七录斋合集》，曾肖点校，济南：齐鲁书社，2015年，第341页。
② （明）张采：《杨子常四书稿序》，《知畏堂集》文卷二，四库禁毁书丛刊本。
③ （明）杨彝：《谷园集》，清道光三年谭天成家抄本。

也更加复杂。针对社员们暴露出的问题，张溥在《广应社序》中将"应社纲领"进一步深化。他指出"声气之正"乃是"立社之本"。具体解释说："若夫立德以善有，弘衷而考义，择然后履，履然后安，无竞乎人称，而秉恒以一，此则其可信者也。"[①]通过总结应社初期的发展经验，张溥认为社员是社团发展的核心，他要求每一个社员都要对自己严格要求，"为人"要以古人美好的品德操守为标准，"为文"则要有古文的格调意趣。

崇祯二年（1629）秋，张溥在尹山大会合诸社为一，宣告复社成立，并为之"立规条、定课程"，在应社和广应社社约的基础上，进一步细化了对社员的要求：

第一，复社的宗旨是"兴复古学、务为有用"。张溥在大会上向众人宣告："溥不度德、不量力，期与四方多士共兴复古学，将使异日者务为有用，因名曰复社。"[②]"兴复古学、务为有用"的口号，不仅为应社时期提出的"上不愧惭于圣贤，中不愧于父母，下不负于一身"宗旨的实现指明了道路，也为复社未来的发展方向定下了基调。张溥之所以提出这样的主张，是因为他认为晚明学风空浮是官员队伍腐化的重要原因。"士子不通经术。但剿耳绘目，几幸弋获于有司"[③]，这些人通过八股取士进入官员梯队后，"登明堂不能致君，长郡邑不知泽民"，以至于"人材日下、吏治日偷"，对国家毫无裨益。而要改变这种局面的根本方法就在于兴复古学，铲除当前浮躁的学风，将"官员

[①]（明）张溥：《七录斋合集》，曾肖点校，济南：齐鲁书社，2015年，第128页。

[②]（清）陆世仪：《复社纪略》，《东林始末（外七种）》，上海：上海书店，1982年，第181页。

[③]（清）陆世仪：《复社纪略》，《东林始末（外七种）》，上海：上海书店，1982年，第181页。

储备军"的研习对象由"剽耳绘目"八股文集或空谈"心即理"转到儒家经典、圣人教化、滋养百姓、经世治国的正途上。他认为只有优秀的新生力量进入朝堂，才能逐渐澄清吏治的庸碌腐化风气，获得君明臣贤、社会稳定、国家富足的新局面。

第二，社员的行为准则是："毋从匪彝，毋非圣书，毋违老成人；毋矜己长，毋形彼短；毋巧言乱政，毋干进辱身。嗣今以往，犯者小用谏，大则摈。"[①]"既布天下，皆遵而守之。"显然，比起应社时期制定的规章，复社对社员的品德操守提出了更高、更具体的要求。丁国祥指出："这种既不同于义士结拜的誓言，也有别于现代政党的誓词的文字表述，可以视作组织章程的雏形。并且，这个章程是在复社成立的全体大会上通过并得到认真执行的。这就进一步证明，复社虽以宗经复古为首要，其会议及章程约束具有近代政党的基本特性。"[②]这一观点是实际上是将复社的性质由民间的松散社团升级为一个组织严密的政党。

第三，社团组织结构是：合诸社为一，各分坛坫。复社的主盟是张溥，核心领导集团由周锺、张采、吴应箕、杨彝、顾梦麟、徐鸣时、沈寿民等人组成。各个地区设置有分社，比如江北匡社、中洲端社、松江几社、莱阳邑社、浙东超社、浙西庄社、黄州质社和江南应社等。各郡邑选社目一名，主要负责主持本地的社事活动、转接社员之间的信函来往以及处理好分社与复社中央的联系。各分社既从属于复社，又保有一定的自主性。换句话说，复社在重组之后，形成了以娄东文

---

① （清）陆世仪：《复社纪略》，《东林始末（外七种）》，上海：上海书店，1982年，第181页。

② 丁国祥：《复社研究》，南京：凤凰出版社，2011年，第146页。

社为中心，面向全国辐射，地方社团享有高度自治权的组织结构。

可惜的是，随着社团的发展壮大和时局的风云变化，这些初期制定的规章制度几乎形同虚设。社团规模急剧扩大，社员人数由最初的二十余人猛增至上千人。后期加入的社员往往以获得科举助力或攀附名声为目的，入社前的学识品行未经考察，难免混入一些品行低劣、学问未己之徒，社团也不免由"读书会文之所"沦为"交势求利之处"①。

三、解决社团争端之"陈艾文争"始末

明代知识分子追求科举进益，积极以文会友，互相集结。"令甲以科目取人，而制义始重。士既重于其事，咸思厚自濯磨，以求副功令。"②在集结过程中，形成了多个八股文研究团体。这些团体分处不同地域，各有制艺的宗旨和技巧。到了万历后期天启初年，以艾南英、陈际泰、罗万藻、章世纯为核心的豫章派吸引了相当数量的信众和追随者，俨然成了天下文章的正宗。陆世仪《复社纪略》云：

> 章皇帝初元，有诏限字。陈晋卿、许公旦、顾茂善改为知社；而其后顾实甫、王幼文继之，后先增美。后稍中衰，王淑士、张宗晚遂起其靡。遗清堂稿出，顾九畴为海内所宗。次之则推豫章，郝仲兴、邱毛伯称作家，陈大士际泰、费无

---

① 郭英德：《中国古代文人集团与文学风貌》，北京：北京师范大学出版社，1998年，第164页。

② 郭英德：《中国古代文人集团与文学风貌》，北京：北京师范大学出版社，1998年，第171页。

> 学而隐为一时文雄，吴门文文起、姚孟长汇邱、陈行卷暨艾
> 千子南英、罗文止万藻诸稿为一帙，谓之江右奇文；由是，
> 天下皆推豫章。同时中洲吴峦稚锺峦、梁溪马君常世奇、武
> 林宋羽皇凤翔，并号文章宗匠。已而抚州章大力世纯以善曾
> 南丰、汤若士之学显，其时月旦谓之陈、艾、章、罗，海内
> 业制举家争延致之。①

艾南英、陈际泰等虽以"江右奇文"美誉得到了天下举子的推重。但随着文章宗尚的代变，莱阳宋氏和三吴文社渐呈燎原之势，周锺和应社诸人作为后起之秀，也对豫章派的地位造成了不小的威胁。"房选华锋出，时尚一新，天下竞称之。由是，向日推豫章者，相率而推金沙矣。"②

豫章派艾南英、陈际泰、罗万藻、章世纯等有深厚的经学文章造诣，也很擅长作八股文章，但尴尬的是，他们几人的科举之路都比较坎坷，多次应考却始终没能得中。相比之下，复社成员在科举中则捷报频传，取得了丰硕成果：

> 三年庚子省试，胥会于金陵，江、淮、宣、歙之士咸在。
> 主江南试为江西姜燕及先生；榜发，维斗襄然为举首；自先
> 生以下，若卧子及伟业辈凡一二十人，吴江吴来之昌时亦与

---

① （清）陆世仪：《复社纪略》，《东林始末（外七种）》，上海：上海书店，1982 年，第 171-172 页。

② 郭英德：《中国古代文人集团与文学风貌》，北京：北京师范大学出版社，1998 年，第 172 页。

焉，称得士。而大士同时始举于其乡，主者从废卷中力索之始遇；燕及先生犹以不得介生有余恨云。四年辛未，伟业举礼部第一，先生选庶吉士，天下争传其文 ①

在晚明汲汲于功名的知识分子眼里，复社道路的成功已经得到了充分印证，于是他们一改前辙，投入复社大家庭的怀抱。而除了争夺选文市场和士林地位之外，文章宗法的差异也是引发这场争斗的原因之一。复社诸子宗法先秦汉魏，对李攀龙、王世贞等多有推崇；而艾南英等更倾向唐宋派的主张，对"七子"的泥古大加批评。虽然在今人看来双方在复古上殊途同归，但在当时却有泾渭分明的门户之界。复古宗法的差异不仅是引发江左、江右争论的重要原因，也是艾南英与复社争论的直接表现。

出于对江左大社地位的维护和对己方复古道路的坚守，艾南英首先写信给周锺讨论选文与文章宗法问题：

今日制艺一道，赖兄主持，真如日月之中天，万物皆睹。但文之通经学古者，必以秦、汉之气，行六经、《语》《孟》之理；即降而出入于欧、苏、韩、曾，非出入数子也。曰是数子者，固秦、汉之嫡脉也。今也不然，为词章者不知古人为何物，而袭大力、大士轻俊诡异之语为之，甚至造为一种似子非子，似晋、魏非晋、魏，凿空杜撰之言，沾沾然以为真大士、真大力已。夫文之古者，高也，朴也，疏也，拙也，

---

① （清）吴伟业：《复社纪事》，《东林始末（外七种）》，上海：上海书店，1982年，第158页。

> 典也，重也；文之卑而为六朝者，轻也，渺也，诡也，俊也，
> 巧也，排也：此宜有识者所共知。弟杜门山居，兄邮中以选
> 目见示，互相参订，必有不刊者。①

在这封信里，艾南英先扬后抑，说周钟的选文事业开展得蒸蒸日上，颇得世人追捧。随后以正统自居，批评了周锺的选文标准，隐隐暗讽周钟"为词章者不知古人为何物"。对此，周锺依据艾南英的意见，将自己文选中的部分内容作了适当的调整。文选刊刻后，艾南英认为周锺并没有完全接受自己的意见，对此十分不悦，他再次致信周锺"力为责难争论，谓其过于夸汰"。周锺收到信后顿觉艾南英不可理喻，他对兄弟周铨感叹道："鄙儒不知时变！"此后再不理会艾南英，至此"江左声气稍与江右别"。

张溥本身并不热衷门户之争，在争论之初并没有参与其中。只在周锺面临较大舆论压力时，出面维护周锺，并在复社新刊印的八股文选本《三科文治·序》中肯定周锺选文公允，澄清了豫章、昌阳（即莱阳）两地的对立并不是周锺参与举业造成的后果。

崇祯元年（1628），张溥在京开成均大会。此时豫章社诸子恰好在京，遂与诸人共结燕台十子社。这段时间豫章派与复社是友好的合作关系，双方见面交流的机会很多，艾南英也没有再对复社诸人发难。

众人离京后，艾南英先是前往齐鲁拜访莱阳宋氏，听说二张返乡的消息后，随即赶赴娄东与张溥等当面论学。张鑑《冬青馆甲集·书复社姓氏录后二》云："（艾氏）来娄东之七录斋也，名流无不在座，

---

① （清）陆世仪：《复社纪略》，《东林始末（外七种）》，上海：上海书店，1982年，第173页。

千子与西铭论朱陆异同，不合。"可见张溥与艾南英话不投机。当时年轻气盛的陈子龙也列席，他与艾南英争辩，两人各持己见，语多不和。艾南英离开后即致信陈子龙再次讨论文章宗法的问题。艾氏在信中比较欧、柳与王、李的优劣，虽然所言有一定道理，但全文充斥着门户之见和意气之辞。比如评价七子之文"臃肿窘涩浮荡""气离""意卑""语滞"，言辞过于苛刻。他还摆出前辈正统学者的姿态对陈子龙进行了不留情面的批评、讽刺和教诲，批评他做学问"读古人书而潦草如是"，评选文章"亦未当"，作文"卑腐"，要求陈子龙再"读书十年，学渐充、心渐细而后可也"①，甚至建议他拜娄子柔、陈仲醇为师，改立门庭。陈子龙阅信后"恚甚"，立刻动笔予以驳斥。夏允彝听闻此事，不愿矛盾进一步激化，他一面安抚陈子龙，一面致信艾南英，劝诫他不要公开双方信件，以免扩大影响。

艾南英转而找上了张溥。崇祯元年多家社团文派均有选本问世，艾南英唯独对张溥的《表经》大加批判。"岁戊辰，诸家房选出，若马君常、宋羽皇、吴峦雉、项仲昭、荆石兄辈各有选本；千子皆无讥焉，独取天如所选《表经》诋毁之。"②他指责张溥"空疏不学"，所做的学问"大旨既悖谬于圣贤"，"未能考正古人"；作的文章"冒滥"，乃是"目不识诸子而剽窃人言"的"雕诸伪辞"之文；还说《表经》是"制举之弊"，"臭腐不可读"，讽刺张溥选《表经》的原因是"于史不能，于子不可，又逃而曰遵经。"，若"先圣有知，必以为秽而吐之"。

①（清）陆世仪：《复社纪略》，《东林始末（外七种）》，上海：上海书店，1982年，第175页。

②（清）陆世仪：《复社纪略》，《东林始末（外七种）》，上海：上海书店，1982年，第177页。

言辞狠厉尖刻，不留丝毫情面，将张溥的学问和文章批评得一无是处。吴伟业后来评价艾南英"为人褊狭矜愎，不能虚公以求是"。其偏激固执、刚愎自用的个性，在此事上可见一斑。

事已至此，双方几无转圜的余地，张溥写信给时任临川知县的张采，希望他出面对艾南英采取措施，不能让他"稍有出头"。信中说：

> 阅艾千子房选，显肆攻击，大可骇异！吾辈何负于豫章而竟为反戈之举！言之痛心！兄见之，须面责问其故。艾为人贪利无耻，出其性本；又住武陵最久，中间构衅不少。且往来俱铜臭之子，固宜与名教悖戾也。弟断不能嘿无一言，特以闻之老兄，可与大士、大力、文止讲明。弟与介生忖兄在临川、豫章之交，自固不患一人之跳梁生事也，惟早图之。弟意如此之人，断不容其稍有出头，须作一字与九青，先断其根可也。①

张采收到信后仍试图作最后的努力，他致信艾南英，对他委婉相劝：

> 江左、江右，并为人文渊薮。在豫章，向操海内衡文之柄。近日介生、天如先后执牛耳，然皆声气相倚，未有不奉豫章者也。宜共遵尊经笃古之约，力追大雅，以挽颓靡；幸

---

① （清）陆世仪：《复社纪略》，《东林始末（外七种）》，上海：上海书店，1982年，第179页。

勿自开异同，为世口实。①

艾南英丝毫不为所动，在回信中继续批评复社诸人"坏吾辈声价"，声明坚决不与"盐醋缸中物同类而并称之"。张采遂按照张溥的安排，先是联络豫章社其他三人孤立艾南英，随后致信莱阳宋枚切断艾南英与外界联系，并传单告知三吴地区各郡邑的社目与艾氏划清界限。

不久后艾南英再次来吴，事态更加恶化。陆世仪《复社纪略》云：

> 某月日，侦千子来吴，谬约之面相参证，会于娄之弇山园。语不合，陈卧子及周介生之幼弟我客共挟之，千子即夜去。②

吴伟业《复社纪事》亦云：

> 尝燕集弇洲山园，卧子年十九，诗歌、古文倾一世。艾旁睨之，谓此年少，何所知！酒酣论文，仗气骂坐。卧子不能忍，直前殴之；乃嘿而逃去。③

----

① （清）陆世仪：《复社纪略》，《东林始末（外七种）》，上海：上海书店，1982年，第180页。

② （清）陆世仪：《复社纪略》，《东林始末（外七种）》，上海：上海书店，1982年，第180页。

③ （清）吴伟业：《复社纪事》，《东林始末（外七种）》，上海：上海书店，1982年，第159页。

虽然吴伟业的叙述有些戏剧化，但双方在王世贞昔日的别墅弇山园发生了面对面的对抗确是不争的事实。双方自此彻底决裂，张溥等遂将宣布将艾南英从社团合作中除名，并广而告之"合词布告于同志云"。

总的来说，这次论争始于房选之争，继而以古文崇尚与复古道路之争的形式爆发，实质则是双方对"文章正印"即"文柄"的争夺。在矛盾的初期，张溥没有草率地插手，避免了艾、周二人的口水战升级为社团之间的对立。崇祯元年春闱，张溥利用结燕台社的机会，积极组织豫章社与应社诸子合作交流，希望能够借此机会密切两个社团间的关系，缓和矛盾。他们畅谈东林政治理想，张溥、艾南英也暂时放下了与应社诸人的对立。然而艾南英随后一系列的猛烈攻讦使张溥意识到双方的矛盾已经无法调和，他迅速联系众人对艾南英采取措施。复社此时声望甚高，具备了独霸江南文社的实力。在强大的舆论压力之下，艾南英在当地难以立足，处境十分被动。

四、组织社团集会

崇祯年间张溥在科场上崭露头角，在士林阶层中声望渐高，交游日广，社团活动也变得频繁。据统计，在张溥去世前的十三年里，复社共举行了大大小小的社团集会十余次，参与人数多则上千人，少则数百人。活动地域以吴地为中心，涵盖金陵、杭州、苏州在内的江南地区，并影响到北京、直隶（河北）和江西。其参与人数之众、影响地域之广可谓历代罕见。复社的集会以诗酒唱和和研讨时文为主要内容，有的社集不同于一般的文事活动，往往与政治相关联，带有社会活动的性质。社团处在不同的发展阶段，社集的形态也不尽相同。

从崇祯元年（1628）到崇祯六年（1633），是复社从成立到全盛的上升期，其间有五次主要的社团集会。

崇祯元年（1628）春，新政气象一新，此时又正逢春闱，故宇内名卿硕儒多在京中。张溥以覃恩选贡入太学，与众人"偕游燕市，获缔兰交"，召开成均大会，共结燕台社。燕集的参与者有米寿都、陈肇曾、杨廷枢、徐沂、罗万藻、艾南英、章世纯、朱健、朱生歡、张采、宋徵璧等，这些人中有应社元老，有豫章社的骨干，还有东林的清流人士。这一次燕集的性质除了文人雅会之外，还具有鲜明的政治色彩，他们共同声讨阉党在天启年间犯下的滔天罪恶，并展望新朝的政治走向。在京期间，张溥还与燕、赵、卫三地的学者共结燕台社，并且订立要约。燕台社提出的"尊遗经、砭俗学"与复社后来所倡导的尊经复古是一致的；他们所主张的"仰赞万一""比隆三代"的政治理想与复社同样契合。

崇祯二年（1629）的尹山大会是复社成立大会。尹山位于苏州古城的东南角，毗邻湖泊，水陆交通便利。陆世仪记曰："苕、雪之间，名彦毕至。未几，臭味翕集，远自楚之蕲、黄，豫之梁、宋，上江之宣城、宁国，浙东之山阴、四明，轮蹄日至。比年而后，秦、晋、闽、广多有以文邮致者。"① 可见这次大会影响深广，多年后仍有回响。大会上张溥合江北匡社、中洲端社、松江几社、莱阳邑社、浙东超社、浙西庄社、黄州质社与江南应社等诸社为一，并为之立规条、定课程，

---

① （清）陆世仪：《复社纪略》，《东林始末（外七种）》，上海：上海书店，1982 年，第 180 页。

确定了复社"兴复古学，务为有用"的宗旨。又与众社员约法三章，明确社团纪律，"申盟词曰：毋从匪彝，毋非圣书，毋违老成人，毋矜己长，毋形彼短，毋巧言乱政，毋干进辱身。嗣今以往，犯者小用谏，大则摈。既布天下，皆遵而守之"。还"详列姓氏，以示门墙之峻；分注郡邑，以见声气之广"，明确了组织结构。

崇祯三年（1630），张溥召开金陵大会。这一年复社成员取得了瞩目的科举成绩。"榜发，解元为杨廷枢，而张溥、吴伟业皆魁选，陈子龙、吴昌时俱入彀，其他省社中列荐者复数十余人"①，因此何宗美先生将这次大会称为"庆喜大会"。金陵作为明朝的陪都，又位于江南鱼米富庶地区，经济和文化十分繁荣，诸多名卿硕儒和隐退的官员寓居此地。这次大会"诸宾兴者咸集"，对于进一步扩大复社的影响力具有重要意义。自此以后，复社每逢秋闱之年便会在金陵举行雅会，即使是到了社团处境艰难的时候，金陵的"秋闱之会"也没有中断过。

崇祯六年（1633）复社召开了虎丘大会，这次盛况空前的大规模集会标志着复社进入了全盛时期，观之者称："以为三百年来，从未一有此也！"这次大会是在复社会试大捷和张溥葬父返乡的背景下召开的。崇祯四年（1631），张溥弟子吴伟业高中榜眼，"天下荣之"。吴伟业的金榜题名使张溥声望倍增，也使得四方的士子对复社趋之若鹜，争相拜入天如门下。陆世仪云："远近谓士子出天如门者必速售，大江南北争以为然。以溥尚在京师，不及亲炙；相率过娄，造庭陈币，南

---

① （清）陆世仪：《复社纪略》，《东林始末（外七种）》，上海：上海书店，1982年，第205页。

面设位，四叩定师弟礼，谓之遥拜，浼掌籍者登名社录而去。"①在崇祯五年（1632）张溥返乡时，"途中鹢首所至，挟策者无虚日。及抵里，四远学徒群集"。张溥返乡后专注于读书治学和社内事务，他本人对这次集会很重视，事前在山东、江西、山西、湖北、福建、浙江等地发放传单，广邀参众。时人记录大会盛况曰："癸酉春，溥约社长为虎邱大会。先期，传单四出；至日，山左、江右、晋、楚、闽、浙以舟车至者数千余人。大雄宝殿不能容，生公台、千人石鳞次布席皆满，往来丝织。游于市者争以复社会命名，刻之碑额。观者甚众，无不诧叹；以为三百年来，从未一有此也！武陵、茗、雪之间为泽国，士大夫家备舱艎，悬灯皆颜'复社'，一人用之，戚里交相借托，几遍郡邑。"②

另外，此年有南京国门雅集按约举行，主会者为杨龙友和方已智。

崇祯六年（1633）六月到崇祯十年（1637）六月是复社发展的低谷期。这一时期温体仁当国，复社举步维艰，处境危急。除了日常的联络声气、遥控科场之外，张溥没有举行大规模的集会活动，局部的雅集只有两次，张溥本人也并没有公开露面。局部雅集分别是八年（1635）桃叶渡大会和九年（1636）的国门广业社，虽然参与的人数不多，但集会内容振奋精神，表达了复社诸人不畏强权的意志。

崇祯十年（1637）六月温体仁被免，复社终于迎来了喘息之机，

---

① （清）陆世仪：《复社纪略》，《东林始末（外七种）》，上海：上海书店，1982年，第206页。

② （清）陆世仪：《复社纪略》，《东林始末（外七种）》，上海：上海书店，1982年，第207页。

至十四年（1641）张溥去世止，他们又举行了两次重要集会。崇祯十年（1637），张溥再次于虎丘召开大会，"一时社中诸子，朋答毕集：杨维斗本吴人，白天如自娄东外，若周仲驭自金沙来，沈眉生巴宣州来，方密之自龙眠来，沈昆铜自芜湖来，而陈定生、顾子力亦阳羡、梁溪来"。社团元老吴应箕等人也来到苏州，一时之间，社中诸君子"朋簪毕集"。他们交流情怀，评赏文章，明代社团之光再次照耀江左。崇祯十二年（1639），吴应箕主持金陵国门广业社，这次大会与桃叶渡大会主旨类似，参与者多为上《留都防乱公揭》者。这次大会"连舆接席，酒酣耳热，多咀嚼大铺，以为笑乐"①。气氛轻松欢快，与桃叶渡大会的紧张愤懑很不相同。

组织社团集会是张溥参与的重要的社团活动，对他的士林地位、人格精神和文学创作都产生了不可忽视的影响。首先，复社集会在饮酒赋诗的同时往往带有强烈的用世之心和政治色彩。在内忧外患的时代背景下，张溥以此为舆论阵地，向外界传达了他经世济民的抱负和坚定的政治立场。其次，社员们交流思想，切磋技艺，互相启迪，不仅活跃了明末的学术空气，也启发了张溥个人的学术思想。再次，复社的集会参与人数众多，地区影响力大，大规模的社员集结极大地增强了张溥个人的声望，扩大了他在士林阶层的影响力。这些活动也给张溥创造了广结同道、扩大交往的机会，给他的文学创作提供了更广阔的素材。

---

① （清）陆世仪：《复社纪略》，《东林始末（外七种）》，上海：上海书店，1982年，第207页。

第二章　张溥散文的思想内涵——经世篇

第一节　"致君泽民，言期可用"的治世之旨

张溥在 40 岁时突然去世，虽然生命短暂但留下了大量的文学作品和文献资料。他一生历经万历、泰昌、天启、崇祯四朝，生于乱世，长于末世。昔日强大的帝国宛如强弩之末的巨兽，内部腐化堕落，外部遭受强敌骚扰。张溥心怀治国宜民的抱负，创作了大量明道载道、具有社会政治功用的文章。

张溥曾入明末大儒徐光启门下治学，他在《徐文定公农政全书》的序文中说："公书不尚奇华，言期可用，使早究其业，塞下之民实，五谷土价，非虚谈也。"①受提倡实学的徐光启影响，张溥厌烦奇华的虚谈之文，提倡书写"言期可用"具有现实意义的文章。张溥毕生共创作了八百余篇散文，其中针对现实而发的时论、疏、策、奏、议和以史鉴今的史论文约占总数的一半，文章涉及军事边防、财政盐税、民生水利、世风教化等多个方面，这些文章集中表现了张溥对历史的反思和对现实的批判，其中不乏目光深邃、颇具创见的篇目，集中体现了张溥的经世思想。

---

① （明）张溥：《七录斋合集》，曾肖点校，济南：齐鲁书社，2015 年，第 378 页。

一、军事边防：边将、马政、兵制

晚期的大明王朝在边防问题上可谓腹背受敌。东南沿海屡遭倭寇侵扰，难以彻底灭绝；东北地区女真迅速崛起，对辽东虎视眈眈；蒙古偏安却雄心未改，伺机恢复昔日荣光。明朝政府焦头烂额、疲于应对。

张溥对晚明的边患深感忧虑，在文章中对边患出现的原因和解决措施作出了全面的论述。他分别总结了西北、东北和东南地区边患出现的原因。《治夷狄论》针对西北少数民族问题而发，从历史上寻找少数民族侵扰汉族的原因："盖汉唐宋之天下，皆得于中国之人，蛮夷趁其衰乱战斗之隙，自养于强大；故中国不能为之备，而反借其力。"①中原地区陷入战乱自顾不暇，游牧民族趁势而起。频频经历战火的王朝需要休养生息，只得对兵强马壮的游牧民族休战议和，从此养虎为患，越发棘手。《女直论》指出造成建州女真之患的三点原因：第一，未起势时疏忽大意。其曰："奴儿哈赤之得为中国患也，始于杀其父之无名，而终于与其爵之已重。"②明朝前期对女真盲目轻视，滥杀其首领后又给予继任者过重权力，不啻养虎为患的愚蠢之举；第二，不恰当的外交礼节。文曰："夷狄之贱，王者之待之也。"女真每来朝贡，朝廷必郑重接待且以厚礼相赠。不示敌以强兵壮马却示敌以钱帛礼物，徒增女真族的野心；第三，边镇大臣失职无能。文曰："后世之为边镇大臣者，每每贬己重而利其财，戮其柔和之人畏其陆梁之党。杀无辜以上功，匿不规以逃罪。"守边的大臣毫无御敌的能力，且谎报军功，

---

① （明）张溥：《七录斋合集》，曾肖点校，济南：齐鲁书社，2015年，第491页。
② （明）张溥：《七录斋合集》，曾肖点校，济南：齐鲁书社，2015年，第495页。

误导了朝廷对局势的判断。《备倭议》对倭患久治不愈的原因进行了深入剖析。第一，倭人商品不受欢迎，通过正当贸易难以获利。其曰："盖倭人之产仅有刀扇，非若安南、占城、暹罗诸国之有胡椒、象牙、苏木等物。"第二，本地奸商与贵官勾结，欺诈日本商人，于是引起日本商人的暴力反击。其曰："奸商与贵官家复相依为恶，以没番人之祸。番人索之不得，则盘踞海洋。华人之黠者为之乡道，遂肆剽劫于海上。"第三，明军水力废，兵力分散，不能形成有效的打击力量。其曰："后则倭患屡作，废海上之固防，募民间之舟师，分五寨以守十六澳，为备太广，全力愈分。"①

张溥指出要认识到情势的紧迫性，做好备边工作。"夫四方之大，有一之不备，祸之发也。"②并具体提出了以下解决之策。

第一，备边的重点在于任用得力边将。针对明朝用人"委寄之不专，驾驭之非术"③的问题，张溥认为首先要区分"边将"与"攻将"的不同之处。《任边将论》云："攻将之任，主檀车驷骥之盛，行滔滔洸洸之威，受托于六师，而报命于一战……若边将之任，与之千里之封，假以岁月之久。"④也就是说，攻将要有强大的战斗力和军事指挥才能，有胆气、有威势。而边将是封疆大吏，身处边关、手握重权，不仅要具备军事素养和行政能力，还要有坚定的信念，历经岁月之久也不可改其志，不可忘其行。张溥对君主也有所劝谏，通过总结明朝史事，他指出太祖起于戎伍之间，因此善于任将；而后来的皇帝大多

---

① （明）张溥：《七录斋合集》，曾肖点校，济南：齐鲁书社，2015年，第500页。
② （明）张溥：《七录斋合集》，曾肖点校，济南：齐鲁书社，2015年，第494页。
③ （明）张溥：《七录斋合集》，曾肖点校，济南：齐鲁书社，2015年，第500页。
④ （明）张溥：《七录斋合集》，曾肖点校，济南：齐鲁书社，2015年，第500页。

"深居处优"不习戎伍之事，非但不具备任将选才的能力，还容易被朝中庸臣所蒙蔽，甚至因为无端的猜忌而贻误战机。张溥一方面对这些庸臣深恶痛绝，另一方面希望君主能够辨别谗言，防止君臣离心，误杀忠良。

第二，因地制宜，建设边防。《备边论》曰："夫四方之大，有一之不备，祸之发也。"① 土木堡之变后，明王朝失去了对蒙古族各部进行大规模远征的能力。崇祯朝面对四面楚歌的复杂局势，兵力粮草有限，军队战斗力匮乏，战势转攻为守。因此加强全国的防务建设，修建完善的防御体系便显得越来越重要。张溥指出北方防务和南方防务要各有侧重：

> 备北者备之于边，备南者备之于江，固也，而不知修近辅之城，扼长淮之险，尤所亟也。且从虞集之议，开东京濒海荏苇之场，用浙人筑堤捍水之法，听富民田其中，合众分地，计亩授官，则隙地无不可耕，而无事籍漕挽于江淮。从丘濬之议，则置四辅郡，仿汉唐之三辅，各宿重兵三万，而直隶、河南、山东之班军可罢，此非独以卫北，亦所以宽南也。②

张溥认为北方的防务重点是边塞，南方的防务重点则是水路。他建议，在北方以丘濬之策，在原有防卫的基础上，再设置四个辅郡，并加派重兵保卫边塞重镇。在南方则以虞集的建议，精兵简政，完善

---

① （明）张溥：《七录斋合集》，曾肖点校，济南：齐鲁书社，2015年，第494页。
② （明）张溥：《七录斋合集》，曾肖点校，济南：齐鲁书社，2015年，第493页。

水利，和平时期可辅助农业生产，战时可以转为水路防御工事。即北方必囤重兵以拱卫京师，南方则以防御工事和民间力量作为防御手段。张溥之所以有这样的建议，既考虑到南北面临的军事威胁不同，自然现实条件有所区别，也是全国兵力有限的无奈之策。

第三，"马者，兵之大用"。张溥在《马政论》里对此作了充分的阐述。他从历史的角度总结了马对于军队的重要性，得出了"诚哉！唐之废兴，与马终始矣！"①的结论。马是主要的陆路运输工具，承担着运送粮草、调动军队的重任，尤其在与蒙古和女真等游牧民族的对抗中，战马的强弱是决定战斗胜利与否的重要一环。明朝的皇帝虽然也很重视马政，然而"任得其人则治，不得其人则乱"，制定的政策实际收效甚微。张溥提出了养马二要素是地利与人和，即"终无若有其人与地之为要也"。这些看法由现实战争环境而发，具有很强的现实意义。

第四，要加强重点地区的布防。《两直论》体察永乐帝迁都的良苦用心，北平所处位置"去敌之近，制敌之便"②，成祖"以自将待边之义"涉险守国，以防"后世子孙即于逸乐而忘其外患"。《海防议》指出苏州沿海之地"均之为险要而不可无备也"③，务必要"设战舰""列舟师"，在外敌来犯之前做好防御工作。《江防议》关注长江下游的边防，认识到崇明岛地处长江入海口，扼江南诸郡之咽喉；通、泰二州地势平缓，易于登陆。这些要害之处应加大防守兵力，以门户之严御

---

① （明）张溥：《七录斋合集》，曾肖点校，济南：齐鲁书社，2015 年，第 498 页。
② （明）张溥：《七录斋合集》，曾肖点校，济南：齐鲁书社，2015 年，第 493 页。
③ （明）张溥：《七录斋合集》，曾肖点校，济南：齐鲁书社，2015 年，第 524 页。

敌于国门之外。① 同时，张溥还提出要注意山东局势。山东乃要害之地，既可解倭奴、流寇之患，又可疏河流之塞。只可惜如今的治安与防务状况皆不及往昔："户口之减，不逮于当时；而督责之令，复绳以往古；今全盛之时，内迫于青济之矿贼，外休于天津之馈运，日惴惴焉而计无所出。"② 因此务必因地制宜，对山东防务引起充分的重视。

第五，改革兵制。明朝自高祖时就实行"卫所"制度，全国军队由京军和地方军组成，地方军又可分为卫军、边兵和民兵。明中叶以后，政府主要依靠募兵制以补充兵力。但此法在永乐初年就暴露出了种种弊端。张溥在《兵论》中总结为：

> 逃伍之弊，即见于永乐之初；侵占之患，大甚于成化之际。正统以来，祸最重于清军；嘉靖之时，变常起于悍卒。③

"逃伍之弊"的发生与明代的募兵制有很大的关系。"从征者诸将所部兵，既定其地，因以留戍。归附则胜国及僭伪诸降卒，谪发以罪迁隶为兵者，其军皆世籍。"④ 明代卫所军士的来源主要是从征、归附、谪发，这些人被威令所逼，迫不得已背井离乡，难免思念故土。再加上兵饷甚低，有时甚至食不果腹、衣难蔽体，因此或叛或逃，约束松弛时士兵数量甚至"十不存一"。《明宣宗实录》云："宣德九年（1434）二月壬申，行在兵部右侍郎王骥言：中外都司卫所官，惟知肥己，征

---

① （明）张溥：《七录斋合集》，曾肖点校，济南：齐鲁书社，2015 年，第 526 页。

② （明）张溥：《七录斋合集》，曾肖点校，济南：齐鲁书社，2015 年，第 509 页。

③ （明）张溥：《七录斋合集》，曾肖点校，济南：齐鲁书社，2015 年，第 511 页。

④ （清）张廷玉：《明史》卷三百六，北京：中华书局，1997 年，第 2229 页。

差则卖富差贫，征办则以一科十，或占纳月钱，或私役买卖，或以科需扣其月粮，或指操备减其布絮。衣食既窘，遂致逃亡。"①所谓"侵占之患"是指京军名义上在集中训练，巩卫京师，实际上却被政府和权贵役作苦工。《明史》卷九十《兵志二》说："成化间海内燕安，外卫卒在京只供营缮诸役，势家私占复半之，卒多畏苦，往往愆期。"军士终年劳作，缺少军事训练，结果自然是战斗力废弛，面对外敌时不堪一击。

对此，明朝政府多次制定严苛立法，遏制军士叛逃的行为，如"勾军""清军"，然而收效甚微。针对明朝兵制暴露出的一系列问题，张溥提出了自己的看法："用兵之道，贵恤其死绥之义，而尤当屈其见盈之心……夫无兵亦乱，有兵亦乱，兵少亦乱，兵多亦乱。即兵已集矣，而减其食亦乱，益其食亦乱。"②主张在军中行教化、明礼教，使士兵树立起舍生取义、无私奉献的精神。他还认为与其大费周章地制定一箩筐的政策去应付这些问题，不如从根本上断绝兵乱出现的根源："但足食而善择将焉，他者之论，皆可绝而不道也。"

二、财政赋税：税法、钞法、盐法

赋税是国家财政的主要来源。"以版籍覆天下之丁甲，以垦天定天下之赋税，国家之定制也。"明朝实行征一法和条鞭法两种税法，税法初行时"一举而官民积重之弊皆反"③，然而"行之十余年，群弊起"。张溥《赋役论》究其原因，一是"兵兴以后，籍亡而政重"；二是"里

---

① 《明宣宗实录》卷一百八。
② （明）张溥：《七录斋合集》，曾肖点校，济南：齐鲁书社，2015年，第511页。
③ （明）张溥：《七录斋合集》，曾肖点校，济南：齐鲁书社，2015年，第501页。

正、衙前为害"。因此,张溥提出要"因时通变",根据目前国家的形势改革赋税计算标准;还要明白"立法非难,而行法为难",对待以权谋私的输官和贪吏要以严厉的法规予以约束。《征贷论》还讨论了明朝的蠲贷制度,蠲贷即免除租税,释放钱粮的赈贷方式。此法看似抚慰民心、恤民之难,实际给了贪官污吏以可乘之机,其弊病在于"赈贷之恩虽施,而给散不均……勾摄之皂快毒甚豺狼,罚锾之逼追急于星火"①,以至于"特赦之令,无益于民间;追逋之切,更甚于正课"。因此张溥认为朝廷应当放宽对郡县官员追缴贷款。"夫宽郡县以宽民,则守宰不以功令乱其心,而得优柔以从事;责郡县以宽民,则慈惠之长务为明察,而吏卒不得因缘以为奸。"②但我们应当看到,蠲贷矛盾产生的根本原因是社会生产和经济运行陷入混乱,直接原因是底层治理生态的恶化和官吏的整体道德滑坡。一味地"宽责郡县"未必能实现"宽民"的目的,反而会造成国家赈灾资金难以补足和财政的混乱,张溥此举指标不治本,实非良策。

此外,《钱楮论》讨论国家金融问题,主张实施松紧适当的钞法:"天子之操柄,无所不施,独货财之缓急轻重,不得不因民以善其令。宽之则利归于下,而盗铸者多;限之则驱民于法,而告讦者众。"③文中所言"钱易得则物价踊贵,楮多易得则金钱贵重"对物价与纸币发行量之间的关系提出了看法,类似现代通货膨胀与通货紧缩的概念。《盐法论》对弘治朝户部尚书叶淇改"开中法"为"折色法"提出了严厉批评,一针见血地指出此法功在一时而危在千秋。开中法是指盐商

---

① 《明神宗实录》卷九十。

② (明)张溥:《七录斋合集》,曾肖点校,济南:齐鲁书社,2015年,第503页。

③ (明)张溥:《七录斋合集》,曾肖点校,济南:齐鲁书社,2015年,第506页。

通过输粮、输米或向官府交纳粮米及其他军用物资来领取盐引的经销方式。朝廷虽然不能靠卖盐引直接获利，却解决了边疆驻军的吃、穿、用等需求，巩固了边防。而"折色法"施行后，商人不必向边境输送物资，只需向朝廷缴纳银两就可以获得盐引。此法虽然在短时间内使国家财政收入获得了显著的提高，但违背了"开中制"解决边防粮草的初衷。到了崇祯朝边境战事加紧的时候，筹运粮草的巨大支出让政府越来越捉襟见肘，疲于应对。因此"为国患而不复者，尤无大于叶淇之改输粟为输银"①。张溥建议朝廷采纳丘浚的建议，以"李沅转舟犬之法"提高运输效率，建仓积盐使"支给殆足"，并于两淮试行"汉人官给牢盆之法"。张溥的这些言论切中时弊，文笔犀利，颇有生气。

三、民生水利：治安、水利、救荒

张溥曾云："致君之道，泽民为先。学者奋志于斯，而势不得以自由，则曰位不我与也，位既与矣，而犹需时焉。则吾不之信也。"②可见他对民生的高度重视。

社会治安是张溥十分关注的问题。实际上，当时防御盗贼的举措是比较严密的，《治贼盗议》云："盖今之火铺更夫，犹古之追胥；今之鹿角之类，犹古之设互以断行；今之木杍之属，犹古之设橐以传更。夜行有禁，更漏分明，大奸豪猾固无所逞于都国城市之间，而胠箧穴墉亦不见于闾里门巷之内。"③那么为什么治安问题依然频发，盗贼亦层出不穷呢？张溥认为要对盗贼分而治之。他将贼盗分为乡邑之盗、

---

① （明）张溥：《七录斋合集》，曾肖点校，济南：齐鲁书社，2015年，第510页。
② （明）张溥：《七录斋合集》，曾肖点校，济南：齐鲁书社，2015年，第204页。
③ （明）张溥：《七录斋合集》，曾肖点校，济南：齐鲁书社，2015年，第522页。

天下之盗和妖异之民三类，提出了不同的处置措施。天下之盗指的是身负殊才异能的民间人士，他们没能为国家所用，终日放废无聊，因而寻衅作乱，"以此之才，苟其正用之，御侮之具，固其素足；而朝廷坐困之于贫贱幽楚之中，遂激而走险，以致难于君父"①，即施以安抚之策，以尽其用。而妖异之民不同于天下之盗，这些人才智短劣，不通经国治世之术，所习不过"符水疗病之说、五龙滴泪之经"，以装神弄鬼的戏法蛊惑民众，谋取不义之财。因此在治理过程中绝不能对盗贼一概而论，一法处之，正所谓"立宽科以收俊异，严国法以惩妖乱，则天下之盗贼何自而生？即有不虞，为之衡量之于招降穷治之间，以致其威惠。《夏书》之言，不尤信乎？"②旨在具体问题具体分析，宽严并济地解决治安问题。

　　水患的治理自古以来都是关系国计民生的大事。《东南水利议》在治水之策和治水经费两方面提出了意见。治水良策莫过于胡体乾的"六策"，即"开泄水之川，浚容水之湖，杀上流之势，决下流之壅，挑潮涨之沙，立治田之窍，而又请专设督理之官"③。治河的经费应当由朝廷拨付，避免扰民，"费有所不支，则当权宜变化，以求其济"④。张溥《治河论》与《东南水利议》分别讨论黄河与长江的治理问题。治理黄河的关键问题在于运输需求与天然流向之间存在矛盾，张溥在文中提到："而议者以为地气自南而北，有天意存焉。"⑤然而"度今之势，必不能行者，以保漕之急，必欲堤之使南也"。当代学者吕天佑

①（明）张溥：《七录斋合集》，曾肖点校，济南：齐鲁书社，2015年，第522页。
②（明）张溥：《七录斋合集》，曾肖点校，济南：齐鲁书社，2015年，第522页。
③（明）张溥：《七录斋合集》，曾肖点校，济南：齐鲁书社，2015年，第527页。
④（明）张溥：《七录斋合集》，曾肖点校，济南：齐鲁书社，2015年，第527页。
⑤（明）张溥：《七录斋合集》，曾肖点校，济南：齐鲁书社，2015年，第496页。

考察了明代后期黄河治理的困境："明朝依靠漕运由江南向北方输送物资，北方物资漕运所资之运河在航道上却要借黄通漕，这就使治河受到'保漕'这个事关明王朝根本利益的经济问题的影响，在此原则基础上明代治河重北轻南，北部筑堤以使黄河南流，同时又要保持漕运所需的水位。"[①]张溥一时也未能提出针对性的措施，只在文章最后批评了那些因"以小妨大，以私害公"而损害水利建设的官员，希望能有"仁且智"的能臣解决这一问题。

水利的失修加剧了自然灾害对农民生产生活的破坏。崇祯年间，灾荒频繁，而政府难以施行有效的赈灾手段，以致饿殍遍地、惨状难述。张溥在《救荒议》中以史为鉴，认为宋时富弼在青州的赈灾之策颇有借鉴意义，即"借民仓以贮，择地为场，掘沟为限，与流民给，三日一支"[②]。稳定粮价在灾荒发生时至关重要，张溥认为"物价痛抑之反贵"，"但当使其物日集，则价自日杀"。赈贷之资出于官府而行于胥吏，行政者"务身观之"以防胥吏"因缘为奸"。从政策的制定到具体的施行，张溥对赈灾的每一个环节都进行了较为周密的思考。

四、世风教化：学宫、宗教、风俗

中国封建社会制度发展到晚明，已进入了垂暮阶段。这一时期政治黑暗，吏治腐朽，宦官弄权，奸臣当道，天下失政。商品经济显著发展，对稳固的小农经济造成很大冲击，整个社会呈现出物欲横流、金钱至上的不良风气。面对世风浇薄、人心不古的世态，张

---

① 吕天佑：《浅议明代中后期治理黄河的"两难"》，《历史教学》，2001(12)。

② （明）张溥：《七录斋合集》，曾肖点校，济南：齐鲁书社，2015年，第525页。

溥创作了多篇时论文与疏策文，内容涉及学校教育、科举取士、宗教、社会风气等方面。

有感于"学校之弊，其流日甚"，张溥作《建学论》对晚明学宫之害进行了严厉的批判。明朝官学主要分为国学和府、州、县学。"科举必由学校，而学校起家可不由科举……县学诸生入国学者，乃可得官，不入者不能得也。"①也就是说，郡县之学乃基础教育，国学乃士子深造之所，张溥分别讨论不同等级的学校出现的问题，并认为学官们应对此负有责任。他指出，国学之失"在于启纳粟纳马之例"②，祭酒和博士将国学视为"养老寄贤"的地方，庸庸然无所作为；郡县学之失"在于仅取士子课试之文"，县学学官不知促敦行、砺士节，只是一味地溺于八股制艺的小技。《进士说》则驳斥了当时"疑（科举）立法严峻，未尽人才，恻然当代，欲为格外之求"③的论调。张溥的理由有三：其一，进士科是为帝王选拔治世之才，必须公平公正。"夫固知荣显之号，王者借以摩厉天下，人情所同，未容一人私觭也。"其二，只有严格的制度才能防止宵小舞弊。"利巧之徒，穿凿求用，专一法以制之，尚惧不正，况导之乎。"其三，"进士之所以为高于时者，以其选之之难也"。因此，革除科举之弊不在"宽于立法"，而在于"政与教一""养士与任官同"，实际上还是要求行复古之道，以古人之论革今日之弊。

张溥是信奉儒家正统思想的士大夫，胸怀经世济民的抱负和积极进取的精神。佛老主出世，部分教义与儒学相背离，在张溥等致力于

---

① （清）张廷玉：《明史》卷六十九，北京：中华书局，1997年，第1675页。
② （明）张溥：《七录斋合集》，曾肖点校，济南：齐鲁书社，2015年，第508页。
③ （明）张溥：《七录斋合集》，曾肖点校，济南：齐鲁书社，2015年，第536页。

挽狂澜于既倒的明末士子那里没有市场。而明代不乏因偏信佛老而荒废朝政、不辨忠奸的皇帝，故而张溥视佛老为左道，对佛老横流在社会中造成的弊端进行了猛烈的批评。《左道论》云："凡人君不务本教，而有慕于佛与老者"①皆有"毒螫满怀，妄敦戒业；躁竞盈胸，谬治清静"之嫌，这种倾向有害而无益，最终只会为乱天下。需要注意的是，张溥并没有全盘否定佛老之术，他甚至承认佛道所弘扬的一些精神也有可取之处，如"天竺之王子，雪山苦行，未尝三宿桑下"的精神。实际上，在张溥看来，对于那些于国家政治无意的旷达之士，信奉佛道不仅可以修身静气，还可以使人"独身而无忧"。但是这种情况"独不可见于人主"，概因儒家入世而佛老出世，"苟以天子辨风，诸侯辨官之职，而有冀乎无为清净，则所趋者不轨徇利之人，而大确之集，举足以为祸。"②

《正风俗议》有感于"风俗之不古也，士子为甚"③的社会风气，对士子之心性品德产生了极大的忧虑。"今日之人心，莫患乎讳道学之名，而指六经为迂阔；不乐闻封疆之急，而幸目前为苟安。"他指出应"教之忠义"以正风俗，"上之人"要赏罚有道；"草野之人"各尽匹夫之责，否则周公、孔子之道殆将绝矣。《拟兴民行端士习以正人心以固邦本疏》进一步指出"利人莫大于教，成身莫大于学"，因而建议大兴教化以正风俗、劝世人，"宁惮厘革。为兹本计，莫若放则汉宣，敦重守令，诏修旧令，严选师儒"④。

---

① （明）张溥：《七录斋合集》，曾肖点校，济南：齐鲁书社，2015 年，第 507 页。

② （明）张溥：《七录斋合集》，曾肖点校，济南：齐鲁书社，2015 年，第 507 页。

③ （明）张溥：《七录斋合集》，曾肖点校，济南：齐鲁书社，2015 年，第 523 页。

④ （明）张溥：《七录斋合集》，曾肖点校，济南：齐鲁书社，2015 年，第 535 页。

第二节　"齐备五伦，敬贤和友"的处世之思

一、亲和同乡，敬老尊老

张溥生命的大部分时间都在家乡度过，与同乡的贤达士绅结下了深厚情谊，创作了大量记叙双方情谊、赞扬对方品德的文章。如给同乡陆太翁《龙壶稿》作序，赞扬陆太翁"清操渊望、夷静澹朴"，其二子"赋才强广而性尚沉笃"，有家族遗风。有的人身份比较复杂，如同乡朱彦兼之父朱德生，此人与张溥、杨维斗等同辈论交；而张溥的朋友徐九一、朱云子等人又是朱德生的得意门生。故《朱彦兼先生稿序》先梳理张溥诸人与朱彦兼及其父朱德生之间的人物关系，再回到朱彦兼的文集本身。《偶存草序》是给同乡杨仁父作的文序，张溥的父亲在世时曾十分欣赏杨仁父，所以张溥虽从未与杨谋面，当杨的子侄持杨仁父古文词刻稿前来拜访时，张溥表现出了十分的热情，曰："余读未半，摄衣攘竖心旁喜，诸文卓尔，篇各具体，洋洒纸上，马班俦也。"[①] 又如《吴纯祜稿序》谈娄东地区春秋学的传人之一吴纯祜"沉默好书""攻苦益甚"，娄东学风近年来近古崇简。"吾娄十数年来风俗近古，士子尚节义，讽经史；小民甘衣愉食，鸣吠不惊；新贵人俭而礼，耻为侈靡炫耀。"[②]

张溥为同乡所作的应酬文章不乏情感深挚之作，尤其是对于那些

---

① （明）张溥：《七录斋合集》，曾肖点校，济南：齐鲁书社，2015 年，第 382 页。
② （明）张溥：《七录斋合集》，曾肖点校，济南：齐鲁书社，2015 年，第 395 页。

家族关系不睦，受到族人欺凌的同乡，张溥往往触景生情，联想起自己童年时的不幸遭遇，文字尤为痛切哀婉。比如《龚母吴孺人节孝略》谈到吴氏女适娄东龚孟扬，吴氏善治家，先世田宅业皆复起。孟扬早逝，族人遂来抢夺产业。吴氏女让田宅，益贫，只得节衣缩食，以微薄积蓄买地葬夫。张溥在文中连连呼悲，赞其为烈女。《赠文林郎张太翁封孺人苏太母合葬墓志铭》提到张观海乃"一乡所谓有道方正、好排难解纷者"①，先生正直重义与张溥父亲相似。其弟与观海因利相争，兄弟阋墙。张氏族人有一不才不驯者，企图讹诈张观海兄弟一支的财产，不仅笼络间巷泼皮到张观海门前骚扰，还"走控有司"以致连年"株讼不止"。张观海为人"素刚"，在无赖族人的连年侵扰之下"积忧病隔"。张溥闻知噩耗时远在离乡三千里外游访，一时之间甚感悲痛，叹息曰："自吾闻先生之义，始知所以为人。维孝弟以为基，虽百世其犹有亲。土既高兮，马鬣可遵；冰既洁兮，贪泉非邻。"②言辞痛怀激烈，大约是联想到了自己家族的不幸。

张溥写给蒙师和知交伙伴的文章往往充斥着大量的生活细节，他十分擅长抓住代表性的事件深入刻画，不论是抒发友情、亲情还是感慨友人命运波折，文字皆动人真挚，多年往事仿佛历历在目。如《赵荆璞先生六十序》为少时好友赵方旭之父赵荆璞先生贺寿，张溥在文中谈到年幼时赵方旭对自己的关怀。他说："予性又畏独，既离兄弟，割宅之悲，惝恍于怀。方旭时过慰劳，骨肉之欢，若复近之，是以意抱周惬，虽风雨之晨，未或暂舍。"③张溥幼时遭受"离兄弟、割田宅"

---

① （明）张溥：《七录斋合集》，曾肖点校，济南：齐鲁书社，2015年，第297页。
② （明）张溥：《七录斋合集》，曾肖点校，济南：齐鲁书社，2015年，第297页。
③ （明）张溥：《七录斋合集》，曾肖点校，济南：齐鲁书社，2015年，第190页。

之苦，方旭日日探望抚慰，即使风雨倾盆也不曾暂舍一日，二人"共寒暖饥饱"的情谊跃然纸上。《张露生师稿》谈到张溥父亲在世时重视儿子的教育，厚待塾师、与张露生共同起居饮食的情景。溥父去世后，张溥感念张露生师的教诲，字里行间皆可见孺慕之情。再如《赠检讨许少微墓志》以两千七百余字的篇幅详述好友许少微祖孙三代的生平经历。少微之父性倜荡，频遭族人陷害以致家产日败；少微刚直不污，自幼发奋读书，虽然身负治世之才受地方观赏识，却终身不售；二子科举士宦之途通达，家族振兴，少微遂不以己之不遇而遗憾。文章感情沉郁，文中穿插大量生活琐事，悲慨亲人亡逝、歹人狡诈，感叹怀才不遇、命运弄人，种种情感流淌在笔端。

历朝皆有敬齿贺寿的习俗，明朝贺寿则形成了定制。四十周岁即可被庆贺生辰，每过十年"始为一酌"①。贺寿仪式感很强，"举事也旷""征礼也重"，因此豪奢之家攀比成风，不仅"贫者不能备也"，富裕的人家也难免"备而不美也"。为了让寿礼办得更加体面，寿主的家人们纷纷向当地有声望的人求作贺寿文。张溥的寿序中虽不乏应酬之篇，然而仍可见其敬老尊老思想。如《何新泉夫妇八十序》云：

> 都宗人治都以宗礼，家宗人治家以宗礼，而邦国宗焉，王化之所系始也。当其时之习而安之者，人各循祖宗之德，合朋旧之雅。虽贵为天子，无不明于曾孙、黄耇者之义，长其欢敬，而将以文物。岁时之间，饮酒歌诗，未或敢废。夫大年之尊若斯，而称寿之礼未见与载记，则尝以意度之。古者之敬齿，凡家之高年岁、自为寿者也，今则自四十以往、历

---

① （明）张溥：《七录斋合集》，曾肖点校，济南：齐鲁书社，2015年，第294页。

十年而始为寿者也。①

张溥有着深厚的家庭宗族观念，为同乡所作的贺寿序不仅赞扬主人的生平事迹，更注重体现寿主家族成员的品德操行。他指出："祝人之亲者曰'子孙盛多'，祝人之子孙者曰'毋忘祖考'，此天下之恒辞，君子所乐听也！"张溥为长者贺寿时必先赞美其子女的德行，"为朋友之父母寿者，必先以朋友之德将之，致其美礼，发其欢心，然后夫人之言举矣"②他写寿词时在事实的基础之上适当美化，决不凭空杜撰，"志不明而托于他人之辞，他人不能虚伪之辞，而必因乎其人之志，则孝与弟备矣。"③这些文章反映了张溥居家时的交游情况，也体现了他亲和同乡、敬老尊老的处事风格。

二、接续前贤，自诩东林

张溥的政治立场十分坚定，他始终旗帜鲜明地反对阉党，与东林党的支持者往来亲密。如为曹忍生二次出仕作临别赠言，赞扬其在"大阉未摧之日，怒决发植，欲买车挟书，上长安诉之者"④的浩然之气。又如为曾任吴楚地方官的陆太和作寿序，文中称"钩党之祸，吴楚尤毒"⑤，陆太和却能"持斧按楚，务在洗除安全"。张溥尤为称颂在杨涟被害后，陆太和"出援金代疏，且时赠遗太夫人及群子"的义举。《陈大参石间云双寿序》则言寿主游宦经历丰富，能够"识清浊、达事

---

① （明）张溥：《七录斋合集》，曾肖点校，济南：齐鲁书社，2015年，第182页。
② （明）张溥：《七录斋合集》，曾肖点校，济南：齐鲁书社，2015年，第197页。
③ （明）张溥：《七录斋合集》，曾肖点校，济南：齐鲁书社，2015年，第197页。
④ （明）张溥：《七录斋合集》，曾肖点校，济南：齐鲁书社，2015年，第134页。
⑤ （明）张溥：《七录斋合集》，曾肖点校，济南：齐鲁书社，2015年，第253页。

变"①，在"逆裆渐柄用"时果断急流勇退，不与阉党同流合污。

《赠太仆寺卿周公来玉墓志铭》是祭拜周宗建所作，宗建乃天启年被阉党残忍杀害的东林人士。文章详细地记述了周宗建两次上疏指斥魏忠贤与客氏擅权，后来被阉党爪牙诬告，惨死诏狱的壮烈一生。赞其奏疏所写"千人所指，一丁不识"八字振聋发聩，并痛斥阉党违抗天道、残害忠直臣子的卑劣行径。张溥还总结了自东汉以来宦官乱政的历史教训，指出"历观治乱，寺人之祸，无有大者言焉"，像天启朝这样"进小人、退君子，宦官宫妾为之横行"②的情形实乃"天下之祸"。《寿文湛持先生六十序》高度赞扬文震孟的学问和气节。称其做学问是有明一代的佼佼者，行政务勤恳忠直、中夜不寐，在周顺昌被逮时不惧阉党强势，始终相伴左右。《祭魏廓园先生墓》祭拜被后世称为"东林六君子"之一的魏大中。张溥着力表彰魏大中"身当患难，志在澄清，排击大奸，趋死不顾"的精神，赞扬其族人持身严正，不忘廓园之志。同时呼吁世人警惕"小人虽败有余宠，君子虽进有余惧"③，谨防阉党卷土重来，不可掉以轻心。文辞慷慨，情感壮怀激烈。

除上述篇目外，《倪鸿宝先生四十序》《钱昭自先生五十序》《侯伯母龚太夫人七袤序》《周孟岩先生七十序》《南大司寇岱芝姚公墓志铭》《跋陆安甫先生像》《徐冏伯泰掖先生七十双寿序》《冏卿徐泰掖先生留垣奏议序》等篇目皆表忠贞之臣的义行。这些文章揭露了阉党的恣肆无忌和暴虐横邪，弘扬了浩然正气。

除了东林大臣之外，张溥与中立派的正直大臣联系也很密切。如

---

① （明）张溥：《七录斋合集》，曾肖点校，济南：齐鲁书社，2015 年，第 294 页。
② （明）张溥：《七录斋合集》，曾肖点校，济南：齐鲁书社，2015 年，第 300 页。
③ （明）张溥：《七录斋合集》，曾肖点校，济南：齐鲁书社，2015 年，第 315 页。

《许给谏母夫人七十序》庆贺许给谏之母七十岁生辰，肯定了许母在子女成长过程中的教导作用。张溥认为"人之为臣，必始于为子"，因此家庭教育对于孩子成人有重要意义，臣子们在入仕后的行为品格往往有父母的影子，"且以人子之身而言拜献，所拜且献者，亦谁之身乎？固父母之遗也。父母遗之，而教之以立身，又教之以事君。"①《贺蒋八公先生掌坊序》乃是庆祝蒋德璟掌坊所作，蒋当时在礼部主管科考事宜，张溥赞其工作勤谨："夙夜师先，必公必慎，焚香静室，醮士公堂，倦倦以进人才，报国家为首务。"②《刘少司马传》叙述了兵部右侍郎刘之纶的作战经历，赞美了刘少司马殊死决战、至死不降的气节，对朝堂上尸位素餐的官员提出了猛烈的批判，曰："国家平日高官大胥，礼养诸臣，仓卒难起，皆袖手不言；有奋然出者，相与目笑之，辄以二女子相加至死，而求备者比比也。"③《祭钱中丞文》哀恸钱中丞之殁，赞扬他"在野而不忘其君"④的君臣之义。

另外，《贺崇明熊邑师荣利恩封序》《贺太仓刘州尊满秩序》《贺周侯生日序》《袁特丘司理考绩序》等篇目是写给苏州地方官的交际文章，这些文章大多以介绍当地的风土民情，表彰官员政绩为主要内容，有的还会讨论地方官的职责问题。如《贺崇明熊邑师荣利恩封序》特别强调地方官对于国家和人民的重要作用：

　　盖天子命官，所以镇抚百姓，而求其迩民之职，莫若刺

---

① （明）张溥：《七录斋合集》，曾肖点校，济南：齐鲁书社，2015年，第194页。
② （明）张溥：《七录斋合集》，曾肖点校，济南：齐鲁书社，2015年，第398页。
③ （明）张溥：《七录斋合集》，曾肖点校，济南：齐鲁书社，2015年，第305页。
④ （明）张溥：《七录斋合集》，曾肖点校，济南：齐鲁书社，2015年，第230页。

史与县令。故明主治针，首选廉善，降而后王，间制令长之诚，试理人之策，至游猎有询，殿柱有记，皆以弘著劝勉。而承其诏者，亦客自羞行，谨鞭靴，洁簠簋，不敢或荒也。且谋之臧而君依，与德之恰物而亲顺，乃至鲜焉，其道一也。①

这些文章说明，张溥虽然长期家居，但并未远离政治中心。他的政治立场是一贯的，对朝堂人事的关注也从未停止。

三、广结声气，倡扬同道

张溥非常重视朋友之情和同人之义，何宗美先生说："复社形成的过程其实也就是张溥交友圈不断扩大的过程，友情是维系复社的重要纽带。"②张溥对志同道合的友人格外珍惜，他曾说："朋友之好，原其始合，皆在散远。及乎不介，则千里之情，同于一室。是以贤邪既辨，义不共科。即有志于阔大者，不能更为并容之说，乱其可否。"③他尤为珍视社团早期成员之间的友情，《小题觚序》云："如吾郡社中数子，端切人范，秉于同然之义，细小不违。"④

张溥与张采二人同里，交游契密，共学齐名，号"娄东二张"。他们治学结社、并肩战斗，是社团事业的最佳搭档；他们患难与共、托孤联姻，是情逾兄弟的亲密挚友。泰昌元年（1620），十九岁的张

---

① （明）张溥：《七录斋合集》，曾肖点校，济南：齐鲁书社，2015年，第205页。
② 何宗美：《明末清初文人结社研究》，上海：上海三联书店，2016年，第151页。
③ （明）张溥：《七录斋合集》，曾肖点校，济南：齐鲁书社，2015年，第145页。
④ （明）张溥：《七录斋合集》，曾肖点校，济南：齐鲁书社，2015年，第157页。

溥和二十五岁的张采在太仓订交，二人在七录斋度过了五年共读时
光，其间形影不离，互相砥砺切磋，平慰彼此少年失怙之痛。崇祯元
年（1628）起，二张先后出仕，分隔两地仍能互通声气，他们书信往
来不断，互相唱和呼应。崇祯三年张采辞官病归，五年张溥乞假回乡，
二张回娄后均不复仕出，除了短暂的外出访友外，二人始终待在娄地，
直至终身。返乡后的张溥致力于社团建设，每日肆力著书、交结友生、
应酬不断。张采由于身体原因，时常隐居山林，社交密度远不如张溥。
但二人的友情并没有因此淡薄。他们共同经历了复社的一系列危机磨
难，在恶劣的政治环境下，二人不畏强敌、并肩战斗，情谊和品节十
分可贵。

　　现存张溥写给张采的文章共有八篇，内容虽不外乎是叙朋友之情、
赞扬张采的学术人品，但贵在诚挚深厚，值得一观。《张受先稿序》是
早期作品，张溥深情地回忆了与张采同晨夕的青年时代，二人"少同
失怙，时一念及，泪下如流水"①，于是互相鼓励，"期以修身读书，上
答罔极"。文序中有大量二人共学的生活片段，今日读来仍觉得真切
感人。《张受先稿再序》作于崇祯元年冬，对张溥来说，这一年经历
了大量的人事变化和聚散离合，"离别之多，未有甚于兹岁者也"②。这
年张采中进士，张溥也以覃恩选入太学，春初入京。二人在京度过了
短暂的交游时光，不久后，张溥先行回乡，张采与徐九一、宋宗玉等
将张溥送至都门外，"分手之际，涕泣如雨，亦难乎其叙之矣"。十一
月，张采自娄东偕母亲赴任临川，张溥送至钱塘江边，二人怆然悲泣
而别。周锺读此文不禁感叹曰："凄清戛越，渭阳之诗不是过也。"《张

---

① （明）张溥：《七录斋合集》，曾肖点校，济南：齐鲁书社，2015年，第158页。
② （明）张溥：《七录斋合集》，曾肖点校，济南：齐鲁书社，2015年，第159页。

伯母膺封序》和《哭苏太母文》主要谈张采事必躬亲，事母至孝，感情诚挚悲痛，是张溥祭文中的佳作。文中提到崇祯三年（1630）张溥中第，张采护送张溥之母入京居住，一路上小心呵护、情同母子，而张采之母却因为疏于照顾在乡病逝。张溥在京听闻噩耗时无比愧痛，数度悲泣不能自已。文章描绘了张采与母亲子孝母慈的生活场景，感叹如今"儿女在侧，诸孙环侍"，但老母亲却早登极乐，"今杖固无恙，恃杖者又安在欤？"①语言浅白，情感低沉，悲伤之气笼罩全篇。

《礼质序》是为张采选文作的序，张溥赞扬张采高中后也不忘"诸经之事"②，善选《礼质》，践行礼道。《两汉文选序》总结张采选文的特点：一是详略得当、务求全面，"大章短篇，事贵明显，登其全文，缓录残阙"；二是分门别类，体式分明，"分建文体，务张法式，篇以类从"且"子书韵语，别为选论，文始专途。"③；三是秉持致君泽民，安世治乱的选文理念。《试牍正风序》亦曰张采"进退他人之文"时，总是"务从其质"，所选或是"铺张劝德，辞严声节"，或是"言天下之事，行四方之风"④。皆以温柔敦厚为训。正是由于多年交往和深厚了解，张溥对于自己的亲密挚友，能报以绝对的信任。他曾经对张采说："余之信子也。使人以他焉之文意其名，而以为子之所撰；以子之所撰饰而行远，以为他人之作，余必辨之也。若行一事而不衷于道，传者皆以为出于子，道之人而既纷纷矣，万里之外，余必为子白也。"这既不是护短，也不是盲目的信任，而是深知其人，信而不疑。

---

① （明）张溥：《七录斋合集》，曾肖点校，济南：齐鲁书社，2015 年，第 311 页。
② （明）张溥：《七录斋合集》，曾肖点校，济南：齐鲁书社，2015 年，第 117 页。
③ （明）张溥：《七录斋合集》，曾肖点校，济南：齐鲁书社，2015 年，第 255 页。
④ （明）张溥：《七录斋合集》，曾肖点校，济南：齐鲁书社，2015 年，第 176 页。

杨彝和顾梦麟是应社元老，与张溥订交时已经有了很高的声望。汪琬评价二人曰："凡四方贤公卿大夫有事于吴者，必请两先生相见。"天启四年（1624）冬，二张共赴唐市拜访居住在常熟凤基园的杨彝。顾梦麟是顾炎武的族兄，与杨彝相识多年，此时正在杨彝的园子里讲学。二人在当时声望甚高，二张与杨顾相谈甚欢，遂约定公举应社，并根据年龄推杨彝为长。

张溥对杨、顾的学术成就极为称道，对他们"姓虽异，而情兄弟也"的感情也十分敬佩。杨顾二人合作了多个文集选本，张溥给大部分选本都作了序文。《杨顾二子近言序》言顾梦麟"久与子常处""问起其朝夕之所遇，未尝与子常（杨彝）或离"①。二人有如此亲密无间的友情，中第后却不得不各奔东西。张溥由此联想起自己与张采的经历，不由得感叹世间分离之苦。《杨顾二子小言序》指出二人的独到之处在于"观圣贤之辞，通己有之志，抑今时之意，赴当日之情"②，这是由于他们以复古为己任，常聚昔人之书，体悟前人"谦谦之德"的缘故。《史绪序》先讲杨顾二人志趣相投，好古尚雅，平日"凡典章事数、人物体号之崇替得失，详究奇焉，裂帛残竹，必加抽检"③。因此选文也"准今度古，徐究考索，不离握卷"④，有先民之怀、《尔雅》之风。《房书定本》是杨顾二人合作的八股文选本，张溥在序言中介绍了文选的成书过程，着重对比了二人作文行事的差异，即杨彝长于论说，遇到观点相悖者一定要"反覆申辩"，直到对方转变为止；顾梦麟"默不

---

① （明）张溥：《七录斋合集》，曾肖点校，济南：齐鲁书社，2015 年，第 121 页。
② （明）张溥：《七录斋合集》，曾肖点校，济南：齐鲁书社，2015 年，第 122 页。
③ （明）张溥：《七录斋合集》，曾肖点校，济南：齐鲁书社，2015 年，第 152 页。
④ （明）张溥：《七录斋合集》，曾肖点校，济南：齐鲁书社，2015 年，第 152 页。

发声"，"间出语相佐，必中符会，大言华论者，闻之意息"①。

杨顾二子中，张溥与杨彝的文事交往更为频繁，他说："余数序子常文。"②自言曾经多次为杨彝的文集作序。其中《焚言序》谈及杨子常与许德生的情谊，二人皆出身唐市的书香门第，有彬彬之风、书香之传。《祭杨伯母文》是为杨彝之母作的祭文，语言直白坦切，感情沉重悲痛，张采评曰："直如古鼎文，祭文中未见有之。"③杨彝曾创作《同言》以倡扬"同人之道"，张溥在序文中着重赞扬杨彝与同人相处诚挚，教育弟子色和气降、责任心强。

周锺是张溥结社活动的又一重要的同道至交。晚明娄地文风卑靡，二张有意起而振之。初时张溥作文师法樊宗师、刘知几，文法上有些矫枉过正，岁试结果并不理想。而周锺"房选华锋出，时尚一新，天下竞称之"④，二张不由心向往之。天启七年（1627）周锺在金沙倡教，二张遂前往金沙与周锺请教交流。他们为周锺所折服，不仅决定转变文法"更尚经史"，还欣然与周锺结盟。

周锺出身金沙望族，张溥《周氏一家言序》专门为周锺家族枝叶作过梳理。周氏祖上为进士科贵宦，诸伯叔皆显贵，锺父独以"仁义抱道"⑤。锺父生四子：长子周铨字简臣，次子周锺字介生，以及我容、我成两个幼子。众兄弟中，周锺与周铨年龄相近，感情也最为契合。周氏兄弟的科举之途稍显坎坷，故张溥在文章中多有劝慰。如《荆实

---

① （明）张溥：《七录斋合集》，曾肖点校，济南：齐鲁书社，2015 年，第 340 页。
② （明）张溥：《七录斋合集》，曾肖点校，济南：齐鲁书社，2015 年，第 333 页。
③ （明）张溥：《七录斋合集》，曾肖点校，济南：齐鲁书社，2015 年，第 234 页。
④ （清）陆世仪：《复社纪略》，《东林始末（外七种）》，上海：上海书店，1982 年，第 172 页。
⑤ （明）张溥：《七录斋合集》，曾肖点校，济南：齐鲁书社，2015 年，第 126 页。

君稿序》谈及周氏兄弟的昔日同窗荆实君"举于乡"，而简臣、介生不能"速得志"①的情况，张溥力劝兄弟二人以平常心对待"遇与不遇"的问题，并以"时至而遇全，当无慨以慷矣"②相勉励。后来周铨秋闱率先传"捷音"，张溥又作《周简臣稿序》再次赞扬周氏兄弟的学问，并对略显失意的周锺语多安慰。除此之外，张溥作《周伯母徐太君五十序》为周锺兄弟之母贺寿，作《祭周二南先生序》和《哭周伯母文》悼念周氏兄弟之父母，张采评此祭文"有声有泪，写事复真，直以司马子长举笔作哀文也。"

吴伟业（1609-1672），字骏公，号梅村，太仓人。其父吴禹玉与周延儒少年结交，友谊甚笃。崇祯二年（1629）前后，吴伟业入张溥弟子籍，此后颇得"文章正印"，张溥称赞他："此大贤之器，非徒显文之流也。"③吴伟业积极参与复社初期的建设，复社宣告成立时甚至被好事者戏谑为"复社十哲"之一。自从投师张溥之后，吴伟业的科举之路十分顺遂。崇祯四年（1631），师徒二人皆金榜题名，这对扩大复社的影响和师徒二人的知名度都有很大帮助。此后十余年，吴伟业利用在朝的人望，努力帮助营救落难的东林人士，声援身处困境的张溥。王昶《吴伟业传》云："时有奸民首告复社事，当轴阴主之，欲尽倾东南名士，伟业疏论无少避。"张溥所作《吴骏公稿序》和《吴骏公稿再序》皆赞吴伟业德才兼备，称他为"大贤之器"。又作《寿吴年伯母汤太夫人寿序》和《吴禹玉先生荣封序》表彰吴氏一家长幼有序，和和明礼，称赞吴伟业继承了其父博观典文、尚贤修身的品格，

---

① （明）张溥：《七录斋合集》，曾肖点校，济南：齐鲁书社，2015年，第131页。
② （明）张溥：《七录斋合集》，曾肖点校，济南：齐鲁书社，2015年，第214页。
③ （明）张溥：《七录斋合集》，曾肖点校，济南：齐鲁书社，2015年，第345页。

为国家"夙夜小心、毋忘静白",父子二人以仁义相互砥砺,得到了四方拜服。

作为复社的领袖,张溥还积极与其他地区的文派、社团保持联系。他与莱阳宋氏的宋先之、宋澄岚、宋宗玉等有书信往来。宋先之是澄岚之兄、宗玉之父,张溥作《金宪宋先之先生六帙寿序》叙自己与宋氏子弟之情谊,赞宋先之"备兵海上""身经四朝""是国家之老臣、任臣"。《答宋澄岚》是张溥与宋澄岚的订交书,信中回忆了张溥在周锺的介绍下结识宋氏族人的经过,表达了"同官联镳,荣华齐辙"①的结交愿望。张溥与宋宗玉有两封书信保留了下来,分别是《与宋宗玉》和《答宋宗玉》。两封书信皆谈及自己编写的《易选》,希望宋宗玉能提些意见并在莱阳地区代为宣传。

豫章四子中,张溥与罗万藻、陈际泰往来文章较为频繁。《答罗文止》中,张溥对"大道颓敝,士鲜质正"②的学术发展困境深感痛心,表示复社诸人读经制艺"必以兄与豫章为概,间遇一衣冠音声,若江以右者,辄忻然乐询之"③。言辞恳切,令人读之动容。《答陈大士》大约与宋宗玉的书信写于同一时期,信中提到自己的《易选》,"是即欲飞檄布闻,实恃道兄一言倡之,则晋楚之间驿告可省也"④,颇为曲折委婉。其他如《陈大士古文稿序》总结古文盛衰的规律,赞陈际泰的文章颇显唐宋八家之遗风;《陈大士会稿序》比较复社与豫章派两家选文风格的差异;《陈大士易经会稿序》夸赞陈际泰易学的成就,感叹今

---

① (明)张溥:《七录斋合集》,曾肖点校,济南:齐鲁书社,2015年,第210页。
② (明)张溥:《七录斋合集》,曾肖点校,济南:齐鲁书社,2015年,第213页。
③ (明)张溥:《七录斋合集》,曾肖点校,济南:齐鲁书社,2015年,第213页。
④ (明)张溥:《七录斋合集》,曾肖点校,济南:齐鲁书社,2015年,第214页。

人不读经书，不知陈际泰《易经会稿》之珍贵。

　　除此之外，张溥还为几社、云簪社、洛如社、震社、席社等作过社序，这些社团或是成为了复社的分社，或是与复社保持密切的联系。清人胡承谱《只尘谭》云："故明时群社纷起，而已复社为东林宗子，咸以其社属焉。若几社、应社、闻社、澄社、征书社、南社、则社、大社、席社、云簪社、羽朋社、匡社、读书社统合于复社，而总以东林为帜。"在发展社团的过程中，张溥在江西与周锺和陈际泰加入了较小的洛如社、云簪社，后来这两个社团皆加入复社联盟，成了复社一分子。有学者指出："社团间成员的自由组合与流动，使得一般社团都呈现出前后相应、左右融会的特征。"①社团的相互交融促进了晚明江南地区文社活动的繁荣发展，也体现了张溥强大的影响力和振臂一挥的号召力。

---

① （明）张溥：《七录斋合集》，曾肖点校，济南：齐鲁书社，2015 年，第 45 页。

第三章　张溥散文的思想内涵——学问篇

第一节　"宗经学古，务为有用"的八股文之要

一、"尊遗经、贬俗学"

作为一个八股文社，评点时文、编书治学是复社最重要的活动之一。张溥是复社诸人中编选八股文的先行者。杨彝《凤基会业序》曰："之娄东则有若应社。余向切求友乡与城已尔，相知则娄东顾辩士。麟士较余性更浓，初未计及出门交。时在乙丑娄有《名文医选》，张天如与张受先为之。"① 张溥独自编选了《程墨表经》《增补举要录》《春秋三书》《历代文典》等文编，组织社员编选了《应社十子》《诗经应社》《国表》《国表小品》等多部八股选本和经史文选，还积极为社员的选本作序。在研读时文的过程中，张溥深深感受到了今人读书作文的不足，对俗学之兴提出了批判：

> 经学不言久矣。学者聚而明其说，则众士有所不通，惑之而不得其端，则群与聚而议为迂阔。……予尝恻然于斯，

---

① （明）杨彝：《谷园集》，清道光三年谭天成家抄本。

求其变之所始，圣贤之路，绝而不通，皆系时文之道壅之也。乐于为时者，禁其聪明之于便近，毕其生平之能以应有司，经文之效不显于世，则相与苟为利而已。上之人不欲以此择士，而下亦安于固然，不虑上之求责，复修其备。盖俗学之成，若有受授，其本末然也。及有悲正学之失、起而汲汲于斯文之究复者，尽其忠厚，宏奖人群，以期反正，而遂婴世忌。烦其话言。然则圣贤传往之书，终陵夷废蔑，不更出欤！①

所谓科举“俗学”，大约与今日的“应试教育”差不多。世人诽经学为“迂阔”，争相借“俗学”小技快速取得科举成功。明朝的学校教育虽然普及，但大多专以俗学为教，殊不知俗学益盛，则经学益废。张溥感叹“俗学之成”与“正学之失”，指出世人看重俗学而偏废经学实在是本末倒置。《增补举要录序》认为这种现象的出现与国家制度有重要关系：

高而为之，其事已僭，末学惧焉。且学者之缓急，必系于居上之好恶。今之主文者，溺近而忘远，尽其涉笔之情；及于经义，即已为劳，若无庸焉，引其他乎？是以科目之出，人名桀然，而末场之作，忽而不道。此予所私用愤邑，窃议为当今制举之格，宜损其两试，并之一日。盖深悲其无用而废时，上无所取之，而下不必其见答也。②

①（明）张溥：《七录斋合集》，曾肖点校，济南：齐鲁书社，2015年，第141页。
②（明）张溥：《七录斋合集》，曾肖点校，济南：齐鲁书社，2015年，第150页。

"学者之缓急，必系于居上之好恶"，换句话说，国家的取士制度和"主文者"的喜好是举子们治学作文的风向标。明朝以八股文取士，选拔人才的官员也多有不学经术、"溺近而忘远"之辈。在他们的影响下，生员们自然认为经学于功名无用，纷纷弃而诋之，因此形成了恶性循环。这里不是全盘否定科举制度作为选拔人才的方式，而是入木三分地剖析了专以俗学为考试内容的有害之处。

为此，张溥发出"尊遗经，贬俗学"的倡议，希望能改变现状。其要点有二。

第一，尊经复古，精研经史。在应社建立之初，张溥即申明学约，整饬学风，淳淳训诲学子，力革科举俗学之弊。《五经征文序》曰："应社之始立也，所以志于尊经复古者，盖其志也。"尊经即重新定义经学的价值，扭转世俗功利价值观导向下对经学的错误认知，使学子和学官将课业研习的重点从八股选本转向经书原文。复古的实现途径在于学古，要求士子们既要学习古人文章的文法结构、思想内涵，还要学习古人的品德操守。这也意味着学子们的学习方法从碎片化的记诵向内心的体悟和文法复古转变。从这一点来看，张溥不仅希望改变生员们模式化的空洞文章，更重要的是洗练文士之心，改变浮躁的风气。

第二，"尊经"务必全面，专研一经而荒废其他四经，就会表现的狭隘偏颇；只有对五经融会贯通，才能够学有所成、文有所用。明朝科举制度规定："三年大比，八月初九第一场，试四书义三道，每道二百字以上；经义四道，每道三百字以上；未能者，许各减一道。"[1]

---

[1] 《明太祖实录》卷一百六十。

每个考生又有"本经",所谓本经,就是每位考生在报名时要从《诗经》《尚书》《礼记》《周易》《春秋》五经中确定一经作为自己的专精方向,考试时只需写四篇以这部经典中析出的句子为题的经义文章。因此不少考生只精心研读自选的"本经",荒于对其他四部经典的深入学习。故张溥提出"不明乎六经而欲治一经,未见其能理也;不明于五伦而欲善一伦,未见其能安也"①。实际上,在应社成立之初,张溥就组织社员们通过分工合作的方式研习五经。他在《五经征文序》中描述了具体的分工情况:"应社之始立也,所以志于尊经复古者,盖其志也。是以五经之选,义各有托,子常、麟士主《诗》。维斗、来之、彦林主《书》;简臣、介生主《春秋》;受先、惠常主《礼》;溥与云子则主《易》,振振然白其意于天下。"②蒋逸雪先生据此指出:"应社合一人专主一经,而众人合主五经,既能由一经而通五经,而亦由通五经而更精深一经。"可见他们发挥各自所长,通过相互之间的讲习交流,达到每个人都能融通五经的目的。此外,张溥认为"治一经"也要尽量全面。《诗经应社再序》云:"夫一经之学,人各为家,而其事弥困,则莫若折衷于一,以定其所向,故必同盟之人无不与闻乎?故而后其说可行,不得其人则无取乎多之也,既得其人则无取乎靳之也。虽然吾党于今之人既无所靳矣,而复正之以社格,严之以选例,简其人矣,而又取其文之数而简之,是何说欤?"③即使治一经,也要博观百家之说,引历代贤者之学互相参证,与今世名儒共学交流。这就对"尊经"提出了更高的要求。

---

① (明)张溥:《七录斋合集》,曾肖点校,济南:齐鲁书社,2015年,第119页。
② (明)张溥:《七录斋合集》,曾肖点校,济南:齐鲁书社,2015年,第325页。
③ (明)张溥:《七录斋合集》,曾肖点校,济南:齐鲁书社,2015年,第130页。

二、"制艺莫大于有用"

鉴于王学末流沉沦"其说汪洋，其旨虚渺"的弊端，复社高举"兴复古学、务为有用"的旗帜，立志事功、务为实学，提倡作以经世济民为目标的学问文章。此时的学者中也不乏实践自然科学、务实谋救国之人，如徐光启提出富国强兵之旨，编纂《农政全书》。张溥曾经师从徐光启，耳濡目染下对"实学"有了更加深刻的理解，故在倡导"尊经复古"的同时进一步提出"制艺莫大于有用"。他说：

> 乃信司马子长读《战国策》，马季长读《汉书》，知言不易，非独古人也。受先衡量文字，不概褒许，其引绳大士尤严，凡小品碎金，悉割去之，别为数种，不入《会稿》，曰："予先其有用者。"子常知大士最深，时向予谓："大士文大都体释朱注。"夫制义莫大于有用，莫实于尊注，二者诚大士之所托也。其他诸子百家亦偶取为辅，如词采兵卫之说耳，读者奈何视薮泽而不睹寥摩乎？ ①

什么样的文章才算是"有用"之文呢？他提倡举子贴近社会现状，敢于针砭时弊，少作粉饰虚套的文章。但也不要无病呻吟，企图以骇人的危言博得关注。他说"驳而不纯之文，予所甚恶之也"②，并再三强调作文要有"纯正博雅，优柔昌大"③的雅正风度。《房稿香玉序》亦

---

① （明）张溥：《七录斋合集》，曾肖点校，济南：齐鲁书社，2015年，第240页。
② （明）张溥：《七录斋合集》，曾肖点校，济南：齐鲁书社，2015年，第146页。
③ （明）张溥：《七录斋合集》，曾肖点校，济南：齐鲁书社，2015年，第172页。

云：“往者予之序《香玉》也，蘉乎有乱人之惧，而寓意于杂志之说，盖将以历古而切今也。虽然世有治乱，则文士之辞因之为缓急。虑其乱而有缓辞焉，非其正也；幸其治而有急辞焉，亦非时之所与也。”[1]世人皆知溢美之词易作，劝行励世之文难工。“称善之言，流文可阅，而忧危激历之指，往往重举而难缀”。这虽然是人之常情，但如果作文者只顾歌功颂德，粉饰太平，选文者只刊选些与世无用的美文，那么终究会造成士风虚浮空泛、士子不思实干报国的恶果。

张溥进一步指出八股文章不能被矮化和轻视，它应具有正统的散文文章的品格，并承担“明道、载道”的使命。为了证明这一点，他在《历科文针序》中提出了“一时之文”与“一代之文”的概念：

> 一时之文，因材区览，不求其全；以意遇之，物相当也。一代之文，立乎当日，接乎后世，非质之备者，天下之人易之矣。是以欧阳先生之论文，必要于道，期之孔孟，然后无负焉……夫所谓举子业者，即一时之文也，实以命乎其文，未有非一代者也。文之为名，不可轻受，而科目之说与金石之论，复不相未通，选者又曷得而混诸？[2]

从材料来看，张溥提高了八股文的地位，将它从科举应试之文提升至与正统文章相比肩。立论依据是“科目之说”不等同于“金石之论”，既然将制艺之文命名为“文”，就应当具有“文”应承担的载道教化之功用，不可以“一时之文”等闲视之。因此，作文者和选文者

---

① （明）张溥：《七录斋合集》，曾肖点校，济南：齐鲁书社，2015年，第128页。
② （明）张溥：《七录斋合集》，曾肖点校，济南：齐鲁书社，2015年，第127页。

都要有立"一代之文"的使命感，文章应当"必于要道，期之孔孟"。

在科举制度的角度，张溥也对作"有用"之文，选"有用"之人提出了自己的看法。他十分赞赏明初的科举制度，原因是明朝初年的科举制度对士子的考察更为全面，在考验士子经术文章的同时，尤其重视士子的德行修养和行政能力。"国初上稽古制，建立文举，察言行以观德，考经术以观业，试书弄骑射以观能，策经史时务以观政事。"①从《明太祖实录·科举成式》看，明初科举共分三场：第一场考四书经义；第二场考公文写作，试论一道三百字以上，判语五条，诏、诰表、内科自选一道；第三场是策论，考查考生博古通今的政治视野。而明朝末年虽然总体沿用了明初祖制，考生们却对考察公文写作和解决社会问题能力的科目不甚重视，基本靠套用《文献通考》和《大明会典》来应付。张溥《增补举要录序》云：

> 二三场之不得其说也，皆由于人之易视之，其易视之者，非以为不足学也。以为学之而不及于用，则相与弃之也。弃之日久，而其说弥下，一旦欲出而责其所能，则勉以可应者为言，而稽于所不信。于是守其钞撮之文而没其论议之实，君子常伤其身之已荣，而言之无体，则智识浅寡同于烟暖，安在有达人之名乎？②

考生们追求快速取得功名，自以为二三场"学之而不及于用，相与弃之"，为了一时功利性的"小用"而疏忽了经国济民的"大用"，

---

① （明）张溥：《七录斋合集》，曾肖点校，济南：齐鲁书社，2015年，第172页。
② （明）张溥：《七录斋合集》，曾肖点校，济南：齐鲁书社，2015年，第150页。

这种态度显然违背了明初科举制度设立的初衷。

三、"人品"即"文品"

张溥高度重视举子的品格操守，认为这不仅是立身之本，也是晋身之基。《诗经应社序》云："先与乎其人，后与乎其文，为人之违，有一不及于正者，则辞之而不敢就。"[1] 在他看来，人品与文品是一致的，倘若此人人品不端、行事不正，那么他绝不可能写出好的文章。张溥在他的八股文集序中反复强调了人品与文品内在一致的关系。《易会序》云："有其人然后有其文，无其人则所谓有其文者犹之乎无而已。"《受先房书选序》亦云："读其文而即知其为人，以长幅列姓名示予，谓某文若何，某人当若何。凡其性情心术，虽日与游者，未或如其言之当也。则以文观行，受先知人之学，固有大焉者。"[2]《程墨表经序》则对"文品"与士子的"人品"提出了具体的要求：

> 故驳而不纯之文，予所甚恶之也，才而不德之士，亦予所甚恶也。然终反复不能舍，以为文苟能驳焉，士苟有才焉，使其日增月改，渐与正通，必有悔悟之心生，以求揖让于孔子之门也。

也就是说，"驳"只是八股文应当具备的一个方面，一篇优秀的八股文应当兼具"驳"与"纯"两个要素。同样地，"才"也只是士子某一方面的素养，一名杰出的文士一定是德才兼备的。

---

[1]（明）张溥：《七录斋合集》，曾肖点校，济南：齐鲁书社，2015年，第138页。

[2]（明）张溥：《七录斋合集》，曾肖点校，济南：齐鲁书社，2015年，第346页。

文人的品格修养会或深或浅地反映在文章当中，故张溥倡导文人们努力提高自己的内在修养，途径就是践行古人的德行事迹，以他们作为榜样。《四科读书醉序》云："祎矣古人，言念大谟，乐之与处，盖非徒耽其所作，亦以信其心也。夫体内存万事根柢，类思密致出，则以文为常矩。"① 在这方面，应社诸子在建社之初就以修身学古、匡救近失为己任。《诗经应社序》云：

> 应社之始立也，盖其难哉！成于数人之志，而后渐广以天下之意。五年之中，此数人者，度德考行，未尝急于求世之知，而世多予之。其所以予之者何也？则以其诚也，无意于名而有其实，不要念于富贵贫贱而当其既至，皆有以不乱。是故先与乎其人，后与乎其文，为人之道，有一不及于正者，则辞之而不敢就。既与其人，而文或有未至者，则必申之以正，因其材之所命而乐其有成。是以邪僻之意，无所行之于文，而四方之欲交此数人者，尝观其人即知其人之无伪，则定社之大指也。然而此数人者，未尝一日忘乎古人也。②

应社诸人很早就意识到了人格修养与文章学问之间的密切关系。不仅处处以古人的德行标准要求自己，在交友时也注意考察对方的人品，哪怕对方的人品存在一丝一毫的污点，也绝不与之为伍。一旦成为社友，即互相砥砺，严于修身，不求富贵功名的速达，但求德行学问的深厚。

---

① （明）张溥：《七录斋合集》，曾肖点校，济南：齐鲁书社，2015年，第171页。
② （明）张溥：《七录斋合集》，曾肖点校，济南：齐鲁书社，2015年，第138页。

通过编选八股文集，张溥对"文品"与"人品"的内在关系有了更深入的思考。在《房书艺志序》中，他提出："然而读其书，见其人，即此一编，较之君平帘肆、史云卜筮，所得已多。"①他曾多次坦言"选文"之难，因为评判一篇文章优劣往往见仁见智。此处他找到了一个解决途径，即在文章水平难分伯仲时，考察作者的为人，参考"文品"与"人品"两个指标综合评价。《洛如社序》曰："欲以事相难，则考理而已；欲以文相难，则论人而已。"②另外，一部高水平的八股文选本不仅要求作文者德才兼备，对选文者的品格心态也提出了要求。《蝼书序》曰：

> 夫房书之行，以其文受人之选者，大率皆得志之人也，其名不与乎房书；而选人之文者，大率皆不得志之人，系他人之文，以寓意者也。故为文与选文，有二道焉。列己之所有，白于人，而天下不疑作者之能事也。至于选，而其法诎矣。观人之短长，为之屈伸，以要所好，纵其刘览，意难率下；及于无如之何，而其事终不可已，非性之能忍者，未见其有成也。③

八股文的评选，往往是不得志之人去品评得志之人的晋身之文。昔日互为同窗学友，今日则以布衣之身论说科举新贵，若是评文者"当贫贱而忧，当富贵而喜"，存有不端正的心态，则难以保证选文的

---

① （明）张溥：《七录斋合集》，曾肖点校，济南：齐鲁书社，2015年，第247页。
② （明）张溥：《七录斋合集》，曾肖点校，济南：齐鲁书社，2015年，第178页。
③ （明）张溥：《七录斋合集》，曾肖点校，济南：齐鲁书社，2015年，第130页。

客观公正。不过，从另一个角度来看，选文也是不得志之人表明心迹的有力途径，因此张溥说"是以文字之选，虽称小道，而存其浩然，取舍不苟，亦不得志者所以自明也"[①]。

第二节 "学综经史，周览古今"的学术之宗

张溥不仅是卓越的社会活动家，更是明末重要的学术活动家。他年幼时就表现出对经、史学问的浓厚兴趣，苦读经书文章，留下了"七录七焚"的佳话；青年时学而不倦"志为大儒"，常常以儒家"三不朽"精神自我勉励；在政治上备受打压以后，他更是对经学、史学和文学展开了大规模的研究，刻印、删正了大量经、史、子、集著作。

在研究过程中，张溥产生了很多独到的心得体会，形成了自己独特的学问分类体系。《皇明经世文编序》云：

> 余间语同志，读书大事，当分经、史、古、今为四部。读经者辑儒家，读史者辨世代，读古者通典实，读今者专本朝，就性所近，分部而治。合数人之力，治其一部，不出二十年，其学必成。同志闻者咸是余说。[②]

张溥把学问分成经、史、古、今四个部分，这种划分方法不仅体现了张溥贯通古今，融洽经史的学术视野，也体现了他兴复古学、经

---

① （明）张溥：《七录斋合集》，曾肖点校，济南：齐鲁书社，2015年，第130页。
② （明）张溥：《七录斋合集》，曾肖点校，济南：齐鲁书社，2015年，第380页。

世致用的治学理念。他亲身力行，用新的眼光和深刻的水准，对当下的学风思潮进行了全面的审视。

一、张溥的经学思想与明末学术思潮的转向

经学作为传统学术的核心内容，一直是历代学问家研究的重点。何宗美先生研究指出，复社处在明清之际，在学术和学术思想上出现了一些转向的趋势和特征。"一是治学思想之变，由空谈心性的思辨之学转而为'务为有用'的实用之学；二是治学领域之变，由理学转而为以经、史为主体兼包天文、历算、象数、舆地、水利、吏治、礼法、财赋、艺文等博物之学；三是治学方法之变，由讲说、静观、体悟的向内之学转而为纂辑、考证、训诂、辨伪、勘察的向外之学。这几种变化意味着复社在明末清初学术史上完成了一次学术思潮的大转折、标志着明代学术之终结和清代学术之开端。"① 在此过程中，张溥作为复社的领袖，发挥了重要的导向作用。从理学到经学，从心学到经学，从宋学到汉学，张溥的转向既是明末学术转向中的重要一环，也反映了他个人成熟、深刻的学识和思考。

（一）调和"宋学"与"汉学"

在中国学术史上，"汉学"与"宋学"一直是热门话题。有学者认为"汉宋之争"是在清代中后期才真正出现，如钱穆先生说："汉学之名乃乾隆之后始稍稍起。"② 又如刘师培说："古无汉学之名，汉学之名始于近代。"③ 对于汉学概念的出现和流行，张舜徽先生指出："乾嘉以

---

① 何宗美：《明末清初文人结社研究》，上海：上海三联书店，2016年，第205页。
② 钱穆：《中国近三百年学术史》，北京：商务印书馆，1997年，第1页。
③ 刘师培：《刘申叔遗书》，南京：江苏古籍出版社，1997年，第1154页。

前，无所谓汉学也。汉学之名，至乾隆时始有之。其初盖仅就治经言之耳。治经者或宗主汉人传注，或宗主宋人传注。彼此水火，遂分门户……其时虽有汉儒经学、宋儒经学之分，顾尚未有以'汉学'二字标立名义以自矜持者。"①也就是说，虽然到乾嘉时期才对"汉学"正式命名，但在此之前已经不乏以治经方法和宗法的传注来区分汉儒与宋儒的学派。

明朝初年，官方将程朱理学确立为学术正宗，使朱熹的经学成为社会中的主流思想。在明代立国制度的影响下，科举经义大部分源出于朱子传注。比如四书主朱子《集注》，《易》主程《传》及朱子《本义》，《书》主蔡氏《传》及古注疏，《诗》主朱子《集传》等。永乐年间颁布以朱子学为核心的《五经四书性理大全》，旨在思想上"合众途于一轨，会万理于一原"。从此以后，官学教学内容均本之《大全》，士子读书也仅限于官方所规定的经本，对于宋人以前传注所知甚少。清人皮锡瑞感叹道："自宋末元、明，专用宋儒之书取士，注疏且束高阁，何论注疏之外！"②顾炎武亦曰："自八股行而古学弃，《大全》出而经说亡。"③

针对这种状况，张溥治经时明确主张回归"汉学"，并表现出调和汉宋的倾向。比如《诗经注疏大全合纂序》比较汉儒与朱子《诗经》学的长短：

　　　王浚仪称朱公《集传》弘意妙指，卓然千载之上。言《关

---

① 张舜徽：《爱晚庐随笔》，武汉：华中师范大学出版社，2005 年，第 191 页。
② 皮锡瑞：《经学历史》，长沙：岳麓书社，2012 年，第 1194 页。
③ （明）顾炎武：《日知录》卷十八。

雎》则取匡衡；《柏舟》妇人之诗，则取刘向；笙诗有声无词，
则取《仪礼》……"不可休思""是用不就""彼岨者岐"，皆
从《韩诗》。"禹敷下土方"，又证诸《楚辞》。一洗末师专己
守残之陋，今学者宗之，尚矣。

然考诸《毛诗》，释《鸱鸮》与《金縢》合，释《北山》
《烝民》与《孟子》合，释《昊天有成命》与《国语》合，释
《硕人》《清人》《黄鸟》《皇矣》，与《左传》合，序《由庚》
等六章与《仪礼》合。则朱子所见，未尝不本《毛诗》，不可
谓其排汉儒而独出也。①

王浚仪的观点大致代表了明代学术界对朱子《集注》的普遍认知，
他们充分肯定朱子治经的成果，认为他博采百家，远超毛诗与郑诗。
但是张溥对此有不同的看法。张溥认为，汉人所编《毛诗》可与《金
縢》《孟子》《国语》《左传》等经典和合互证，博采典籍不输朱熹《集
注》。而《毛诗》作为诗经学的不朽经典，被后世经学家所遵循引证，
《集注》便有不少本于《毛诗》之处。朱子尚不能"排汉儒而独出也"，
晚辈学者又怎能抛却诋毁汉儒学说呢？所以，研治《诗经》不能独取
朱学，而应是兼取汉宋，比类而观。他说：

欲明朱氏之《诗》，必宜取古之说《诗》者，尽发其
藏，比类而观，著彼之失，明此之得，然后三家可续，毛郑
可屈。方幸《大全》登讲，众喙息鸣必有博雅画一之传，足
辅朱子于不朽者，乃载翻阅，大都鄱阳朱克升《疏义》旧本

---

① （明）张溥：《七录斋合集》，曾肖点校，济南：齐鲁书社，2015 年，第 366 页。

耳……馆阁群贤既大《诗传》，何不取克升之书，广其未备，而损其袭常，又秘鄱阳所自来，得毋使逢掊枯骨，坏憾后死乎？①

又说：

《注疏》以后，言者病少；《章句》以后，言者病多。少则昧道，多则伤实，合而观之。汉之言《中庸》者，礼也；宋之言《中庸》者，理也。礼、理，一也，而学者二之，其异同得失，可无辨乎？②

张溥对四书的研究也表现出了调和"宋学"与"汉学"的倾向。通过比较两派的经典著作，可知汉学重礼、宋学重理，二者各有侧重，非合而观之不能尽得其旨。

明初的《诗经大全》以元末朱克升《诗经疏义》为底本，完全延续了朱子《集注》的宗尚。它作为官方经本，对有明一代的知识分子影响深远，却没能熔铸汉学与宋学的精华，也未能做到"广其未备，而损其袭常"，张溥对此感到十分痛心。

总的来说，张溥主张调和"汉、宋"，有着革除明代治学偏废的现实意义。

汉学与宋学各有所长，学者不应当困守于门户之间，更不宜逞意气之争。虽然与乾嘉学者围绕"汉宋之争"所进行的反复细致地解释

---

① （明）张溥：《七录斋合集》，曾肖点校，济南：齐鲁书社，2015年，第366页。
② （明）张溥：《七录斋合集》，曾肖点校，济南：齐鲁书社，2015年，第328页。

辩难相比，张溥的论述相对泛泛。但考虑到道咸以降，汉宋融合、汉宋兼采的思想才逐渐成为学界主流。张溥在明末主张调和"汉、宋"，是具有时代进步意义的。

（二）"用世之学"：从恪守义理到通经致用

张溥在《周礼注疏删翼序》中提出了"用世之学"和"专家之学"两条治学道路：

> 夫欲明"三礼"，其学有二：一则断以"五礼"，为主设纲分目，吉凶军宾嘉，各以类从，于是《仪礼》之详于士大夫、略于天子，《周礼》之详于王国、略于诸侯者，灿然并列；又以《戴记》《汉仪》经纬其间，彼此损益，制度乃备：此用世之学也。一则熟读"三礼"，各还原文，毋取更张，广罗闻见，以考得失：此专家之学也。二学行，而《礼经》明矣。①

"用世之学"是以"经世致用"为核心的研究道路，注重挖掘经书的思想内涵，为现实社会政治提供参证。而"专家之学"则更加关注经书本身，是以"文章"为核心，正音读，通训诂，考制度，辨名物。两条道路的目标和治学方法不尽相同，但都是正当有益的治学途径。

而在晚明特殊的社会背景下，"以资世用"的"用世之学"显然更为紧要。这一道路在《春秋》学的领域实践得比较充分。明代中叶以前，胡安国《春秋传》依靠着官方科举制度的保护而备受推崇，其地位几乎与《春秋》原典并重。有研究者指出："明代前期的春秋学，延

---

① （明）张溥：《七录斋合集》，曾肖点校，济南：齐鲁书社，2015 年，第 367 页。

续着宋元以来的义理之路前行，呈现出一种沉闷，了无新意的局面。而到了中叶以后，经学逐渐突破传统禁锢，《春秋》学不再局限于经学义理、考据的传统解经范畴，也不再将经典局限在'经'的范围，而是向史学、兵学、文学等多方面领域拓展。"①

张溥曾著《春秋三书》，由《列国论》《传断》《书法解》三编组成，可惜只有《列国论》相对完整；《传断》正文全阙，张采后续添补了部分；《书法解》虽为目多端，却仅成一则。《四库全书总目（三十二卷）》中的《春秋三书提要》曰："此书为未成之本，亦别无奥义。采等以交游之故，为掇拾补级而刊之，实不足以为溥重也。"虽然此书并不完整，但四库馆臣"别无奥义""不足为重"的评价也未恰当。其《列国论》一编凡二十四卷，将"辑儒家"与"通典实"并举，兼具经学家与史学家的风采，反映了他深厚的经学积累和经世致用的要求。张采在《春秋三书序》具体分析了张溥"明经"的方法：

> 《三书》者，我友张子读春秋所作也。曷云《三书》？一曰《列国》，论天子畿内称京师，序周即不得言列国。统名之者，畿内亦可称王国，故得当篇省文。其书取春秋纪载，分国缀事，终一君则为考经传，严褒讥，如列国各有史，列国君各有传者。义指希通，是则张子分之以明经。②

从序文来看，《春秋三书》采用了"春秋纪载，分国缀事"的史书体例，内容上"列国各有史，列国君各有传"，还能够"考经传，严

---

① 由迅：《明代湖北经学研究》，华中师范大学博士论文，2017 年。
② （明）张采：《知畏堂诗文存》文存卷二，清康熙刻本。

褒讥"，表达自己的价值判断。凡此种种，都说明了张溥沿袭了晚明《春秋》学界流行的"用世之学"的道路，有着"左右往贤，纲领来训"的现实目的。

（三）"专家之学"：从性理空谈到考证辨伪

纵观自先秦至清代经学的发展历程，明代经学积衰是学界不争的事实。皮锡瑞说："现论宋、元、明三朝之经学，元不及宋，明又不及元。宋刘敞、王安石诸儒，其先皆尝潜心注疏，故能辨其得失。朱子论疏，称《周礼》而下《易》《书》，非于诸疏功力甚深，何能断得如此确凿。宋儒学有根柢，故虽拨弃古义，犹能自成一家。若元人则株守宋儒之书，而于注疏所得甚浅。如熊朋来《五经说》，于古义古音多所抵牾，是元不及宋也。明人又株守元人之书，于宋儒亦少研究。如季本、郝敬多凭臆说，杨慎作伪欺人，丰坊造《子贡诗传》《申培诗说》以行世而世莫能辨，是明又不及元也。"①明代学术不振的原因很复杂，中晚明拜金尚奢的风气造成人心不古和学风浮躁，科举制度的引导间接造成了功利主义盛行，等等。明初官方以程朱理学为尊，知识分子只需要"代圣人立言"，不需要有自己的想法和表达，重义理轻考据之风弥漫学界，阻碍了经学发展。明中叶之后，阳明心学异军突起，对程朱理学形成了极大冲击。心学反对"存天理，灭人欲"，主张"心即理也"，呼吁人们重实践、重自省，提倡思想解放和独立思考，摆脱程朱理学的束缚，为学界带来了一股新鲜的空气。然而王学本身存在着割裂"文""道"，轻视训诂考证、凭己意穿凿附会等问题，尤其在心学狂飙后，这些问题愈演愈烈，最终由空谈性理落入了空谈心学的窠臼，造成了晚明经学空疏臆造，谈玄不学的

---

① （清）皮锡瑞：《经学历史》，长沙：岳麓书社，2012年，第1195页。

弊病。

　　张溥非常厌恶士子们聚众空谈，不务实学的风气。他在《论语注疏大全合纂序》中一针见血地指出"尚清谈"与"资科第"是败坏学风的两大元凶，他说："卑者以此为功令之书、富贵之周行也，可无高论。呜呼！圣经之作，不助清谈；贤博之术，不资科第。二者交议，其风日下。"①《五经注疏大全合纂序》亦云："经学之不明，讲说害之也。予心恻焉，意欲废讲说而专存经解，窃取古今书目考之。"②不仅对学风衰颓的原因有清醒的认识，也表达出挽救学术积弊的决心。

　　张溥在易学领域用力颇多，对此感受也更为深刻。宋人致经明礼，学问各有所用，易学亦门类众多，可谓集前代之大成。可是明朝则不然。学界大多将《周易》作为科举的工具，士子所学仅限于朱熹的《周易本义》，以致本朝的易学渐趋荒废。他指出："经学之不言久矣。学者骤而明其说，则众士有所不通，惑之而不得其端，则群与聚而议为迂阔。"③在科举规则的导向下，只知生硬记诵朱子《本义》的章句，学识浅薄，视野狭窄，不要说精研易学提出创见，就连基本的经术思想也无法理解。明人白岩所注的《易》本在当时是比较重要的注本，却同样存在"字义罕识"的问题。张溥对这种情形深感痛心，他重倡传统的治经之术和《易经》专治之法，通经辨伪，考证源流，以图扭转现状、兴复古道。

　　《大易文苞序》是张溥为梦鹤《易选》所作的序，徐闻鲜明地表达了张溥的治《易》态度。张溥首先肯定梦鹤的治《易》之法，文曰：

---

①（明）张溥：《七录斋合集》，曾肖点校，济南：齐鲁书社，2015年，第328页。
②（明）张溥：《七录斋合集》，曾肖点校，济南：齐鲁书社，2015年，第256页。
③（明）张溥：《七录斋合集》，曾肖点校，济南：齐鲁书社，2015年，第141页。

"梦鹤之名其选者，务周于象天计历，立符期节，变化类迹，继铿铿之声，折岳岳之角，虽穆王所筮，越伯所仿，不得以窥者高焉。"①汉代开始，易学研究分化成了象数派和义理派，义理派强调从卦名的涵义来解释卦爻象和卦辞、爻辞，象数派注重从八卦所象征的物象来解释卦爻象和卦辞、爻辞。张溥引明朝易学名家杨止庵之语对这两种方法都给予了肯定：

> 国朝学《易》者，予心独高杨止庵、钱启新两先生，今得玄子而三矣。止庵先生之论《易》也，汲汲于崇古学而黜"心易"，其言曰："田何者，不言理之始；费直者，不言理之终；王弼者，不言象数之始；孔颖达注弼说，不言象数之终。"又曰："焦京以纬乱《易》，何王以玄乱《易》。《易》犹有存。今之心学，无理无象数，是自然之绝也。"②

象数派重在发掘《周易》的哲学价值，义理派着重将《周易》用于占卜。象数派和义理派皆各本方法，各有渊源，然而如今的易学在心学的影响下，"无理无象数"，流传几断矣。

必须说明的是，张溥不是彻底的考据派，他并不执着于对先秦难考的典籍作出一字一句地甄别。他提倡考证辨伪，是为了改变晚明空谈浮躁的学风，恢复"专家之学"的学术严谨。相反地，他对考据产生的门户之争颇为反感。崇祯十二年（1639），王志庆纂辑《周礼注疏删翼》三十卷付梓，张溥为之作序，对于自汉代以来有关《周礼》

---

① （明）张溥：《七录斋合集》，曾肖点校，济南：齐鲁书社，2015年，第170页。
② （明）张溥：《七录斋合集》，曾肖点校，济南：齐鲁书社，2015年，第259页。

的纷争，张溥认为"疑而弃之也易，明而信之也难。"而对"儒家竞出，每以相反为高"而"是非两摇"的治学习气颇为不满。在《诗经注疏大全合纂序》中，张溥梳理了学术史上围绕先秦《诗序》《毛诗》《郑笺》和朱熹《集传》而争论，指出"古人之学是非两存"，今人不必在只言片语上刻意苟同，因为学者当"志在明经，无取独申己长也"。由此可见，张溥所倡导的"专家之学"中也有着"用世之学"的色彩。

二、张溥的史学思想

受到父亲张冀之的影响，张溥自幼爱好史学，一生中完成了大量史书整理与评点工作，并形成了独具特色的史学思想。具体来说主要包括广泛搜求、审慎理校的史书整理思想，秉持公心、直笔求真的史书评点思想和以史为镜、治史致用的史书研究思想。下面分别予以论述。

（一）广泛搜求、审慎理校

张溥的史学思想首先体现在史书的校勘与整理方面，具体表现为对历史资料的广泛搜求和审慎理校。我国历朝都有官修史书的传统，这些史书大多秉承了官方的意志，选取史料时难免带有一定的政治倾向性。而张溥竭力网罗历代官修和私修史书，又以古人笔记和诗文集作品作为参证，在历史资料的搜求辨伪方面做了大量工作。

为了更好地还原历史真相，张溥很重视历代大臣的奏议。他希望尽可能多地在其《历代名臣奏议》中收录奏议文章。他说："予搜考史乘，昭代之书，最称芜略，以绪求之，当自奏议始。独苦藏帙不多，抄写未逮，经营有年，跋烛怀叹。"① 为了扩大书册的容量，他还试图革新"奏议"的编撰方式，用编年的形式重编一书："余又有不量者策诸文，专引奏对某言兴、用某言败，《奏议》虽从分门，仍当编年，设去群书杂说、家居私册诸文，专引奏对，据《纲目》之例，具列月日，粲然明书，使人因事惕息，以用某言兴，用某言败，亦足以训度。"②

张溥十分看重宋、元两朝的史事对明代的借鉴意义。他曾编《通鉴纪事本末论正》二百三十九卷，这套书以宋袁枢《通鉴纪事本末》为本，起自三家分晋，终自世宗征淮南。书首《通鉴纪事本末序》云：

> 国之有史，史之有通鉴，通鉴之有纪事本末，三者不可缺一也。国史因人，通鉴因年，本末因事，人非纪传不显，年非通鉴不序，事非本末不明，学者欲观历代之史，则必先观通鉴，既观通鉴不能即知其端，则必取本末以类究之。……正史密之，通鉴略之，通鉴失之，纲目得之，是非善败，岐路错综。余生也晚，不敢妄作，窃依本书，私用辅益，标事纲于上方，便观览也。附末论于事讫，辨减否也。

他明确指出，学者要想对前代的历史作一全面客观的考察，决不能只重视一类史书。正史、通鉴、本末、纲目诸体各有详略得失，唯有综合观览，才有可能客观全面地看到前代历史的面貌。除了《通鉴

---

① （明）张溥：《七录斋合集》，曾肖点校，济南：齐鲁书社，2015年，第336页。
② （明）张溥：《七录斋合集》，曾肖点校，济南：齐鲁书社，2015年，第244页。

纪事本末论正》之外，张溥还整理编写了《宋元纪事本末》。他在序文中介绍了自己的编著之过程："取脱脱一书，剪裁繁漏，别韩老同传之非，去琬琰滥收之谬，然后大采遗文，博收典故，断以己意，成一制作。"①在元臣脱脱等编撰的《宋史》之外，他搜集了大量的遗文和典故。他将《宋史》原文和散篇逸史相对照，仔细甄别史事的真伪，重新对历史事件作出评判，对论述有遗漏的事件进行补充，充分践行了他的治史原则。

《续修四库全书总目提要稿本》评价张溥所修宋、元史曰："盖出于正史序论，及通鉴之巨光曰，扩而充之，叙事必详，推阐必尽，夹叙夹议，才识固驾明代文人而上，为史评家别开途径其后谷应泰《明史纪事本末》，高士奇《左传纪事本末》，皆自为之论，是深有取于其例也。"评价很高。

（二）秉持公心，直笔求真

"直笔"与"曲笔"是古代史官修史时常用的两种"书法"。"直笔"即秉笔直书，无所避忌；"曲笔"与"直笔"相反，史官出于某种原因，不照实直书，对事实真相或隐瞒、或美化。张溥极为坚持"求真"二字，在评价历史时反对春秋笔法，提倡直书、反对曲笔，拒绝美饰和外部因素的过度参与，坚持理性与感性互补的批判原则。

张溥曾校订宋人胡明仲《读史管见》并作序文。这本书成书于绍兴二十五年（1155），是胡明仲晚年被流放岭南时所作，可以看作是他阅读司马光《资治通鉴》的心得。胡明仲认为司马光"事虽备而立义少"，对历史事件以记叙为主，缺乏史家的评判和反思，于是作《读史管见》补充《资治通鉴》中缺少的价值判断。犀利的笔法使《读

①（明）张溥：《七录斋合集》，曾肖点校，济南：齐鲁书社，2015年，第371页。

史管见》也遭到了后人不少非议，有的评论者以其"直笔"为罪，有的病其"责备贤者言辞过甚"①，还有的认为胡明仲"以成败论人所见未广"。张溥认为"二者皆非也"，坚决为胡明仲的"直笔"正名，他说：

> 抑知世无乱贼，《春秋》不作！宋高之时，乱臣贼子孰有甚于桧者？痛言之，犹恐不悟，何有于隐？仁仲厉辞绝桧，疾恶之严，不异其兄，而独非所论？②

胡明仲在评价秦桧时言辞严酷激烈，这种鲜明的情感态度受到世人的批判尤多。张溥指出自《春秋》起，褒善惩恶就是史家之责任。若面对奸恶如秦桧者，仍不能秉笔直书，痛斥其恶性，那么史家如何能揭露事实、启迪民智呢？况且胡仲明在治史时并没有让感性主宰理性，在关乎是非大义的问题之外，胡明仲的笔触由激昂挥洒回归了冷静立场：

> 今观其书，诸葛之伐魏，不可言犯；晋王之击后梁，不可言寇。大义独断，皆《管见》发原。及其谈言微中，谓诸吕之诛，功不始陈平、周勃；后汉之亡，罪不专景延、广诸。③

---

① （明）张溥：《七录斋合集》，曾肖点校，济南：齐鲁书社，2015年，第239页。
② （明）张溥：《七录斋合集》，曾肖点校，济南：齐鲁书社，2015年，第239页。
③ （明）张溥：《七录斋合集》，曾肖点校，济南：齐鲁书社，2015年，第239页。

张溥十分赞赏胡明仲的"书法"，指出他在理性诠释和感性抒发之间收放自如，既能对历史事件作出详略得当的叙述，又对历史事件和历史人物做出恰当的是非界定。故"自《管见》书出，朱子始敢一笔一削，取《通鉴》勒为《纲目》。"而胡明仲之所以能在史学上有此造诣，与他的道德品质和经学素养有重要关系。张溥说：

> 先生承文定之学，明《春秋》之指。建炎中屡诏擢用，首格和议，贼桧衔之，贬置新州，当时忠孝发愤。著见言论，不得已托古人以寓志，其所流连三致意者，惟孔子攘夷。齐桓复雠为亟。至于戒日食，辟异端，忧小人之进、君子之退，生民日蹙而刑敛日繁，恫乎其伤之深切著明。自周威烈迄于五代，其间王侯大人行事无异于春秋十二公也。①

他特别指出胡明仲"承文定之学""明《春秋》之指"，有深厚的学术素养。这实际上是将历史研究者主体的重要性特别提了出来，即史学主体的身份、学识背景对历史研究有重要影响。读史通经、修身有道本是我国古代学术的优良传统，而秉持公心，直笔求真也对历史研究者的价值判断和道德品质也提出了内在要求。

张溥对宋人胡明仲《读史管见》的评价，实际上就是他个人评点史书的原则。他在评点历史人物时，既不盲从权威，也不曲媚逢迎，能顾在充分掌握历史材料的基础上，保持个人的独立思考和理性判断。

---

① （明）张溥：《七录斋合集》，曾肖点校，济南：齐鲁书社，2015年，第239页。

（三）以史为镜，治史致用

"中国史学家大多主张治史致用、治史明理、治国安邦。"①经世致用是中国学术史上重要的治史传统，贯穿中国史学发展的始终。这一思路重在实践，格外关注历史经验对现世治理的启发意义。张溥生活的背景，是国家危亡、政局凋敝、民生不济的艰难时期。于是，"治史致用"的史学思想自然而然地成为他进行史学研究的重要指导思想。具体来说，张溥的治史致用思想主要包括三个方面的内容。

首先，他关注的历史题材具有强烈的现实针对性。张溥将笔触聚焦于现实社会政治密切相关的论题，其史学著述涉及吏治、军事兵制、水利漕运、政治制度、思想学术、少数民族问题等方面，旨在为国家治理、社会变革寻找资治之道。他曾说："春秋战国之世，始有乞籴之举，而《管子·轻重》一篇，则多言笼致之术，而不明于太公之道。故后代言救荒者，惟李悝平籴之法尚矣。然以时而变，其法转阻，求其通行无弊，窃甚难之。间尝读史，私心所慕效者，于宋有两人焉。"②可见他非常看重历史经验。另外，《宋元纪事本末序》总结宋、元两代之所以兴亡，并反复强调历史的"镜鉴"作用："艺祖法慕成周，而祸夷于石晋，鞑靼地广秦隋，而历短于拓拔。中国之所以失，即夷狄之所以得；夷狄之所以失，即中国之所以得也。《周书》戒王，殷鉴不远；汉臣进规，引秦为喻。人君善监者，必自近始，即宋元未竟之编，亦何不可资金镜、御不若乎？"宋、元两朝距明朝的时间相隔不远，都遭遇了相似的华夷之困，宋、元在政治实践中有什么成功的经验可以学习，又有哪些失败的教训需要引以为戒，是张溥在研究宋元

---

① 吴怀祺：《中国史学思想史》，北京：商务印书馆，2007年，第438页。
② （明）张溥：《七录斋合集》，曾肖点校，济南：齐鲁书社，2015年，第525页。

历史时重点关注的问题。

　　其次，总结历史发展的规律，从历史的长河中寻找治世的秘诀，"鉴往"而"知来"。比如《宋纪事论》一书中《太祖建隆以来诸政》篇通过分析唐代方镇之乱对王朝的危害，总结出了"专兵则好争，专利则繁赋，专杀则苦刑"①的历史规律。张溥指出宋高祖吸取唐代亡国的教训，重文轻武，削弱将领之兵权，是顺应规律作出的正确决策。他说："帝知其弊，痛改革之，先守兵权，然后以文臣知州，以朝官知县，以京朝官监临财赋，又置运使，置通判，渐取其柄，天下势一，号令延行。"②可惜高祖以下的皇帝，未能因时而变，重文轻武的政策给宋代的边防埋下了重大隐患。又如《礼乐议》列举先秦至宋各朝礼乐制度的兴废，由此总结出朝廷、礼乐、草野三者的关系，他说："礼乐之盛而忽亡也，朝廷恶之，而草野不敢议；其亡而欲兴也，草野议之，而朝廷不能断。"③又如《治河》篇关注治河漕运的问题，虽然是《宋纪事论》中的篇目，笔触却是涉及了汉代以来历朝治水之策。张溥分析历代治水之策和治理效果，发现了"循禹故道则安，逆禹故道则决"④的规律，概因"水有所泻而力分"，所以将河流"分势顺导""因其自然"才是最好的策略。这些规律经过历史的多次检验，对当时的社会问题有重要的参考价值。

　　再次，充分发掘历史人物的精神品质，发扬忠义圣贤以垂范后世，揭露狡诈昏庸以警示后来。比如《王钦若等列传》用犀利地笔触揭露

①（明）张溥：《七录斋合集》，曾肖点校，济南：齐鲁书社，2015年，第564页。
②（明）张溥：《七录斋合集》，曾肖点校，济南：齐鲁书社，2015年，第564页。
③（明）张溥：《七录斋合集》，曾肖点校，济南：齐鲁书社，2015年，第564页。
④（明）张溥：《七录斋合集》，曾肖点校，济南：齐鲁书社，2015年，第565页。

了宋臣王钦若等三人的奸猾狡邪:"任懿之狱,王钦若当叩头服罪,反驾祸洪湛,流死儋州。人之无良,习贯若性,何怪他日造天书、陷莱国哉?"①讽刺颇辛辣。又如《宣仁之诬》大力褒扬神宗"志慕尧舜,亲贤远奸,修革庶政"②,评价其功足以"掩吾子之非,奠配天之业",谴责贼臣章惇等"怼愤放废,媒药圣人"。张溥曾说:"若夫史书所载忠孝节义之士,仆夫、女子,其美不废,而考其行事,伦纪之重,每有专见,作者科而别之,岂无谓欤?"③他希望展现和挖掘各个阶层历史人物的事迹,不仅是君主、政治家,还包括普通农夫、小手工业者、普通女性,甚至低等仆夫。他用贤良方正的事例激励世人的品性,用奸邪庸废的事例给人以道德的教训。

① (明)张溥:《七录斋合集》,曾肖点校,济南:齐鲁书社,2015年,第561页。
② (明)张溥:《七录斋合集》,曾肖点校,济南:齐鲁书社,2015年,第582页。
③ (明)张溥:《七录斋合集》,曾肖点校,济南:齐鲁书社,2015年,第119页。

第四章　张溥的文学思想

第一节　张溥的文学批评

一、对七子复古主义的认同和改良

面对晚明公安派与竟陵派倡俚俗、抒性灵的文坛风气，张溥等明末文人重新举起了复古的大旗。影响张溥文学倾向形成的因素有很多，既与地缘因素有关，也与张溥本人的学问、情怀和政治热情有关，更与明朝长久以来养成的复古习气有关。

张溥是苏州太仓人，与"后七子"的核心人物王世贞是同乡，具有地域和情感的自然亲近感。他极为推崇秦汉文章，又以复古为己任，复古倾向与前后七子的主张近似。在张溥所作的文序和书信中曾数次提到"王弇洲，吾娄宗工"，基本认同前后七子的复古道路。比如《题张羽君夏山八咏册》称"嘉靖中期，文章盛绝"[1]。又如《刘中斋先生诗集序》称"近代论诗者，前称李何，后称王李，宗风相仍，人无异议。三四年来诗学小变，龂龂反唇，于王李尤不稍恕，比复推奉，二家更

---

[1]（明）张溥：《七录斋合集》，曾肖点校，济南：齐鲁书社，2015年，第447页。

尊。"① 对于后世针对前后七子的批判之辞，张溥并不完全认同，他说："诗文一道，言之似易，行之实难。后生妄排前人，亦系仗气空谈，未审下笔，濡首日久，冷暖渐知。"②

张溥对秦汉诸子极为推崇，故从不吝惜对他们的赞美。他论数秦汉文章名家，"然左氏辞命，学者通知，班、马、陈、范，传表论赞，备在本史。庄周、列御寇之文，荀况、韩非、吕不韦、刘安之书，诸子班班，别为一家。"指出两汉诸子盛于著述，载于史集的篇帙和杂载的逸文体量皆十分庞大。而东汉文章整体风格偏于"浓整"，尤其是"议论风美"③，绝非魏晋可及。在张溥看来，古今文章的演变皆有规律可循，文章世殊，途辙迟降，无非是"穷则变，变则通"④ 而已。不过所谓"厌六朝之腴者，疏以韩柳；啜八家之漓者，救以魏晋"⑤。随着时代的更替，上一代的文章往往遭到下一代的"反唇劝呼，沸若搰鼓"⑥，而唯独秦汉文章"攘臂者止"，鲜少受到抨击。

张溥在宗法秦汉的同时，没有忽视其他朝代优秀的作家和作品。他在《韩张甫稿序》中专门对前后七子的单一宗尚提出了反对：

> 夫古之善读书者，戒人无读唐以后书；排而远之者，则曰无读汉以后书；又其上者，并其汉而去之。著论弥高，则选书弥峻。而不得其解者，辄轻之曰："是不能博者之自文

① （明）张溥：《七录斋合集》，曾肖点校，济南：齐鲁书社，2015年，第391页。
② （明）张溥：《七录斋合集》，曾肖点校，济南：齐鲁书社，2015年，第391页。
③ （明）张溥：《七录斋合集》，曾肖点校，济南：齐鲁书社，2015年，第346页。
④ （明）张溥：《七录斋合集》，曾肖点校，济南：齐鲁书社，2015年，第379页。
⑤ （明）张溥：《七录斋合集》，曾肖点校，济南：齐鲁书社，2015年，第379页。
⑥ （明）张溥：《七录斋合集》，曾肖点校，济南：齐鲁书社，2015年，第379页。

也。"彼惧夫后来之书广肆宏溢，力不及周，故为不屑之辞以抑之，趋于迂约，讬高自便，人不敢非。嗟乎！此之言又与于不文之甚者也。……登华嵩而后知众山之卑，睹大海而后知众流之小，其人岂尽生于嵩华、依于大海者乎？以理信之而已。信之以理，虽不得至，犹及见焉。且使其人生于山海之间，不游览乎天下之大，则自信山海也不深，是故不能下观，而徒言上观，意者其无本乎？若有其本，则未之敢信。①

正如张溥所说，中国古文学有着千百年的积累和传承，恰似群峰耸矗，百江争流。倘若仅取秦汉文学一瓢饮，纵然秦汉文章耸如华嵩，浩瀚如海，也不免有不足之憾。另一方面，登岳方知众山小，博览群书不等同于遍采群书，唯有通读历代古籍书册，才能对先秦文字产生更深的感悟。在秦汉之外的文学中，他着重肯定了陈子昂、杜甫等心忧天下的诗人和以复古为旨的唐宋八家的文章，即"论诗必陈、杜，论文必韩、柳，唐之大势也"。崇祯四年（1631），张溥在翰林院编选《苏长公文集》，评价苏轼及其文章是"真宇宙第一人物，宇宙第一文字也"。《古文五删》的序言也指出"唐文最韩、柳，宋文最欧、苏、曾、王，八家盛行，家各有本……余谓此八家必宜单行，单行必宜全集，无用选本"②，从选文的角度肯定了八家文章在唐宋文学史上的地位。但除了上文提到的个别作家之外，张溥对唐宋文学整体成就的评价并不高。比如《宋久青诗序》云：

① （明）张溥：《七录斋合集》，曾肖点校，济南：齐鲁书社，2015年，第373页。
② （明）张溥：《七录斋合集》，曾肖点校，济南：齐鲁书社，2015年，第372页。

以予观之，《三百篇》之后，作诗而不愚者，独屈大夫原耳！下此拘音病者愚于法，工体貌者愚于理，唐人之诗愚而野，宋人之诗愚而谤。愚而野，才士或所累也；愚而谤，虽儒者不免焉。夫谤可以为诗，则天下无非诗人矣。是以师道大穷，以至于今。①

指出唐宋诗歌普遍存在"愚"的问题，区别在于唐人之诗"愚而野"而宋人之诗"愚而谤"。唐人才高气盛，诗歌过于张扬放野；而宋人以俗为美、以俗为雅，诗歌有着世俗化、生活化的倾向，这导致有些作品过于鄙俚，格调不高。

另外，与前后七子高度重视文章法度的主张有所区别，张溥更强调"为今之言""务为有用"。张溥认为"文章代降"是历史规律，秦汉文章的高度是后世作家无论作何努力都无法企及的，因此不必在章法上过于强求。他在《皇明经世文编》的序文中具体分析了今人学作古文章的难处，"降而今日，聚书如林，谈两京则遗魏晋，言六朝则阙唐宋，此详彼略，仰屋竟夜，其难一也。前代文字，尔雅可观，得其一篇，讽咏不倦；世代渐移，语言俚杂，卷充栋宇，披排欲睡，其难二也"②。《小题觚序》亦曰：

文理之齐若性情，而文才之分若面貌，文人古今之异，亦面貌之谓也。夫执面貌以相求，行道之人，宁有同乎？况乎今之与古也，惟不同之致变矣。而有甚同者存，所以其人

① （明）张溥：《七录斋合集》，曾肖点校，济南：齐鲁书社，2015年，第288页。
② （明）张溥：《七录斋合集》，曾肖点校，济南：齐鲁书社，2015年，第380页。

可知，其意可知。以今望古，不山南山北焉？①

也就是说，文章句法就如各人面孔，很难做到完全继承前人传统，但学习古人精神品性是可以做到的。所以比起前后七子的复古文法来说，他更加看重古文章的现实意义，提出去除浮躁逐利，还原忠信之本即"复古"也。"盖高言之积，人不可句指而受，而性惟从其至近，是乃忠信之光，所谓古也。"②由此，复古的目的不再局限于揣摩文章字句，而是上升到了改善人的精神修养的层面。

> 尝读伯山古文愈野之言，则忾乎其伤之。彼盖悼往圣，思来者，恶今之人自贤其今，而忘祖祖也。夫以今自贤者，尽乎今之域之称也，前此弗知矣，后此弗知矣。若是者辞不越目前，智不离于方寸，言暄不及寒，言寒不及暄者。非徒陋陋，又且病辟，余亦已必其人矣。其人必仰机利，伺颜色，媚锦带而竦短褐，不自度其为贱也。③

不少文人目光短浅"自贤其今"，没有受到过古文章的熏陶教化，没能形成高尚雅洁的人生价值观。这些人受到不良社会风气的侵蚀，很快变得腐化阿谀、奴颜媚骨，毫无知识分子的风骨可言。张溥对此痛心疾首，故号召知识分子通过研读古文章来体悟古人的审美理想，提高自身的精神境界。

---

① （明）张溥：《七录斋合集》，曾肖点校，济南：齐鲁书社，2015年，第157页。
② （明）张溥：《七录斋合集》，曾肖点校，济南：齐鲁书社，2015年，第173页。
③ （明）张溥：《七录斋合集》，曾肖点校，济南：齐鲁书社，2015年，第173页。

　　总的来说，作为明朝末年复古运动的代表人物之一，张溥的复古理论在继承前辈理论的基础上又有所调整，这些变化不仅体现了特殊的时代境遇对文学风向的要求，也体现了张溥个人对文学客观、清醒的审视与反思。

二、对竟陵派文学主张的批评

　　明朝后期影响较大的文派中，张溥认为公安三袁的文章尚有可圈可点之处。《袁特丘司理考绩序》云："吴之邑宰，文章吏治，与山灵偕不没者，至今称公安袁石公袁宏道先生，先生伯氏玉蟠袁宗道先生，其季小修袁中道先生，则皆文家巨公也。公安三袁声名著作，咸在日月之际，而吴人于石公先生亲承教化，尤服膺不倦。"① 但是对竟陵派则不然。张溥《人文聚序》云：

　　　　殆后稍纷缛，宾实错见，夸特矞异者，喜于有为，始离性以耽世之爱好。久而缔绘迷盼，铅华之子，耻于质木人，既著者不举，事已近者不陈。夫言人贵僻，则恶闻周孔圣人之名；论事乐远，则罕引饮食滋味之理。甚至家护典教，袒构不已。后生年才胜衣，即畏言经义。及其败也，书固瞌然，昔日梦寐，惟财求甘滑以自利。②

　　他在《人文聚序》中对"夸特矞异""缔绘迷盼""言人贵僻、论

　　① （明）张溥：《七录斋合集》，曾肖点校，济南：齐鲁书社，2015年，第391页。
　　② （明）张溥：《七录斋合集》，曾肖点校，济南：齐鲁书社，2015年，第174页。

事乐远"的文学风格提出了批判，显然对以"深幽孤峭"①和"无烟火气"为追求的竟陵派并不认同。

不过，纵观张溥的文学评论文章，在涉及竟陵派时往往顾左右而言他，态度比较含糊。以《张草臣诗序》为例，社员张草臣因沾染竟陵风气而受到世人抨击，张溥特意作序为他回护。文中两次提到了竟陵派，分别是"然而穷流测源，竟陵之功，要不可诬也"和"夫断之以人，然后断之以诗者，竟陵之极论也"②。在这里，张溥肯定了竟陵派"穷流测源"之功和"先论人再论诗"的评价标准。但换个角度看，他肯定的这两点并不是竟陵派有代表性的文学主张，对竟陵真正受到争议的主流风气则避而不谈。当然，这篇文序刊出后达到了张溥的写作目的，在舆论上声援了竟陵文人，给了正在遭受抨击的竟陵派不小的激励。又如《樊淡曳诗文稿序》曰："淡曳少与谭友夏兄弟领诗文宗长，群籍性命，无不深贯。"③全篇刻意回避了对竟陵派诸人的文学风格的评价，只言竟陵派的影响力和文人们之间的情谊。这种现象主要有两方面的原因。

第一，张溥本性好与人为善，鲜少发恶语，张采评价道："天如静无侈言，难于发人过。"④竟陵派和复社在明末都有很大的声望，"天下盖知宗竟陵"，"海内同人翕然共宗天如"，双方都有庞大的追随者。竟陵派与复社之间既没有政治立场的对立，也不存在选文市场的竞争关系，张溥本人吟诗作文也不是为了开宗立派，达到艺术的至臻之境，

---

① （清）钱谦益：《列朝诗集》丁集卷十二，上海：上海三联书店，1989年。
② （明）张溥：《七录斋合集》，曾肖点校，济南：齐鲁书社，2015年，第119页。
③ （明）张溥：《七录斋合集》，曾肖点校，济南：齐鲁书社，2015年，第252页。
④ （明）张溥：《七录斋合集》，曾肖点校，济南：齐鲁书社，2015年，第653页。

因此实在没有与竟陵派交恶的必要。

第二，竟陵派文人与复社成员之间来往密切。复社曾在崇祯六年（1633）时，集体评点刊刻了《谭元春集》，张溥、张采、周锺等复社主要领导皆参与其中。据何宗美先生《〈谭元春集〉复社成员考》考证，《谭元春集》中出现的复社成员有六十六人之多。这些人大多具有竟陵派与复社成员双重身份，其中最著名的是谭元春兄弟五人，谭元礼甚至还与张溥建立了非常深厚的友谊。针对竟陵派与复社成员一定程度的融合现象，何宗美先生指出："竟陵派作家在明末启、祯时期社会巨变的时代潮流中一定程度上改变了原有的思想观念和文学观念，特别是大部分竟陵派作家亲自参与复社士人运动，投身于当时社会政治斗争的浪潮，由此竟陵派与复社在政治态度和思想观念上相接近了，从而使竟陵派与复社建立密切关系有了共同的思想基础。"①

以上原因使得张溥不便或不愿直接表达对竟陵派文学主张的看法，但是我们应当明确一点：共同的思想基础不等于共同的文学倾向，复社诸人接纳竟陵派文人并不代表认同其文学观念。竟陵派所追求的幽深孤峭的风格，尤其是早期表现出的艰涩隐晦的文风是张溥极为反感的。他曾说："夫正书之传，其称指大约贵平易，尚洁质，不烦命乎异物。"这很能体现他的态度，只是碍于双方密切的关系，张溥在评价竟陵派的文学成就时往往避重就轻，顾左右而言他。

三、文章代变的规律总结

张溥纵览古今文学，对文章代变的规律产生了不少心得。关于影

---

① 何宗美：《〈谭元春集〉复社成员考——兼论复社与竟陵派的相互影响》，《中国典籍与文化》，2006(2)90-98。

响文学走向的因素，他提出了自己的观点。

第一，一个时代有一个时代之文学。张溥认为，时代之所以能够影响文学的面貌，是通过文人发挥作用的。《龙壶稿序》云："文之成就，因乎其时，材分所出，有变有正；强而同之，累代而不喻，要于齐用，则皆显荣之具也。惟以文系于人，以人系于世，前之发扬不轻，而后之承受有叙。"①这里明确指出社会环境通过作用于文学创作主体而进一步影响文学成果。《古文五删总序》亦云："风气使然，其权岂在文人哉？"②也就是说，时代为文人提供了成就自身的环境，文人身处其中，往往随文章大势所趋，所达到的文学成就也为时代所限。故《小题觚序》提出了一个有趣的假设："使韩子为《左氏春秋传》，苏子为司马太史之《史记》，才皆有余也，顾二子可为而不为，时限之也。具甚可为之才而非其时，气数相成，往往自信；而见一家之业，即不敢云'吾可为此可为彼亦。'"③韩非子和苏东坡为什么没有写出《左氏春秋传》和《史记》呢？显然，以二人的文采和思想内涵，是完全有能力做到的。他们之所以以其他风貌的文学傲然于世，是受到所处时代的内在引导。这再次证明了时代塑造文人、锻造文章的观点。

第二，官方的文学喜好影响文坛风尚。官方对文学风尚的影响主要是通过颁布文化政策和组织文化活动实现的，具体来看，有颁布刊行经学教材，调整科举考试的科目，组织大规模的修书活动等方式。张溥在《增补举要录序》中云："高而为之，其事已僭，末学惧

---

① （明）张溥：《七录斋合集》，曾肖点校，济南：齐鲁书社，2015年，第164页。
② （明）张溥：《七录斋合集》，曾肖点校，济南：齐鲁书社，2015年，第372页。
③ （明）张溥：《七录斋合集》，曾肖点校，济南：齐鲁书社，2015年，第157页。

焉。且学者之缓急,必系于居上之好恶。"① 上位者的喜好是文学的风向标,文人们在避祸心理或功利主义驱使下,追随着官方的导向而逐渐改变文学风格。因此,张溥认为统治者在制定文化政策时,要更加谨慎,《论表策说》曰:"原夫盛衰之系,下之习贯,端因上使,依今溯汉,得失又著。然考于洪永,以察时弊,上人之轻重好恶,尤不可乱也。"② 正是由于官方对文坛不可忽视的影响力,权臣乃至皇帝才应当秉持正统的文学观念和审美情趣,否则上行下效,极易因统治者个人口味的偏歧而扰乱了文坛风尚。

第三,作家个人的人生经历直接影响个体文学创作。文学作品的灵感来自作家的生活经历,作家们借用作品中的人物与场景来展示自己的人生阅历。一生羁旅漂泊,困顿潦倒的文人很难写出雕润密丽、富丽堂皇的颂德文章;坐享馆阁高位的高官们大约也不会发出慨叹命运、激愤怨世的哀音。《元气堂集序》云:"放之羁愁,困以数跌,则叫呼苍天,诋诃卿相,奇文易出。而修冠犀轩,鸣玉以朝,则辞病啴缓而不进。或为琴鼓饮酒,跳宕陆博,游谈无稽,善雅戏谑,则易于改德易视。而庄谈严阁,高议兵农,则少耳目之观,无声色之炫。"③ 张溥非常推崇屈原,他用屈原为例,强调佳作诞生于人生的跌宕起伏中。《刘中垒集题词》云:"夫屈原放废,始作《离骚》;子政疾谗,八篇乃显。"④ 可见逆境成就文人。《王师叔集题词》云"屈原在楚怀王时,以忠被疏,作《离骚经》;顷襄王立,放之江南,复作《九歌》《九章》

---

① (明)张溥:《七录斋合集》,曾肖点校,济南:齐鲁书社,2015年,第150页。

② (明)张溥:《七录斋合集》,曾肖点校,济南:齐鲁书社,2015年,第224页。

③ (明)张溥:《七录斋合集》,曾肖点校,济南:齐鲁书社,2015年,第379页。

④ (明)张溥:《七录斋合集》,曾肖点校,济南:齐鲁书社,2015年,第454页。

《天问》《远游》《卜居》《渔夫》《大招》，自沉汨罗。"①

第二节　张溥的文学主张

一、师古复雅，诗学《三百》

明朝末年，动乱的社会环境和逐渐深重的民族危机使明末士大夫的心态发生了剧烈变化，怀揣救国除弊抱负的文人士子迫切希望发出自己真实的声音。此时，复古运动掀起新一轮高潮，回归古典审美理想成为人心所向。张溥的文学思想以师古复雅为核心，无论是八股制艺，还是散文、诗论，均以兴复古学为己任。在应社成立之初，张溥就响亮地发出了复古的口号。《五经征文序》云："应社之始立也，所以志于尊经复古者，盖其志也"②。

他对复古道路有着比较清醒的认识，并总结了以下必要性：第一、古文美于今文乃是智者大儒公认的事实。即"天道弗更而书策代变，谓古日不必热于今日、古月不必清于今月，可也；谓古文字不必美于今文字，则非高才羡知之言也"③。第二、当下流行的文风更迭很快，而古文有着久远的生命力。即"夫文章大势，三年一易，前后争胜，各以相反为高。受先之尊先民，尚古学，持论在十年以前，今亦犹是

①（明）张溥：《七录斋合集》，曾肖点校，济南：齐鲁书社，2015 年，第 458 页。

②（明）张溥：《七录斋合集》，曾肖点校，济南：齐鲁书社，2015 年，第 325 页。

③（明）张溥：《七录斋合集》，曾肖点校，济南：齐鲁书社，2015 年，第 157 页。

尔"①。第三、不知古则不知今。即"不鉴于古，无以知今；不察于今，必不勇于尊古，学者之恒势也"②。

针对文坛存在的蹈袭前人、滥仿不新的问题，张溥主张用"才情"加以挽救。他在《孙直公诗稿序》中对"不善读诗之人"和"善作诗者"进行比较，指出不善读诗之人"概取唐诗百篇，成记于胸，率以应物，无所不投，积咏千首，一引而已"③；而善作诗者大多"性情高骞，不为代隔，凡天下之以诗来者，各能知其意以别可否，一辞之善，可以不没，而纵目所往，不闻留昫"④。不善读诗之人才情驽钝，缺乏独立的鉴赏能力，学诗往往囿于一朝一代，抒怀咏物时只知生搬硬套，一味滥仿前人，既没有真情流露，也没有诗材闪烁。而善作诗者能以其卓越的才华和眼光徜徉在诗的海洋，最终融会贯通，使古人诗篇为己所用。在这里，张溥为诗坛因复古而导致的弊病开出了药方，他认为才情既是体现作者个性和时代风貌的窗口，也是调和"复古"与"缘情"的良药。

张溥曾自评不善作诗，"予初不作诗，在长安不免酬答，间亦有咏"⑤。后来他虽然渐渐作了一些诗歌，但大多是为了唱和应酬而作，张溥本身并不十分用心此道。在现存的张溥文集中，大约有两百余篇文集序，而独立的诗集序仅有十余篇。虽然总体上篇目不多，但反映出了调和复古与缘情的诗论思想。

张溥非常强调"诗缘情"。他曾说："诗本性情，无邪之旨形于

---

① （明）张溥：《七录斋合集》，曾肖点校，济南：齐鲁书社，2015年，第247页。
② （明）张溥：《七录斋合集》，曾肖点校，济南：齐鲁书社，2015年，第337页。
③ （明）张溥：《七录斋合集》，曾肖点校，济南：齐鲁书社，2015年，第352页。
④ （明）张溥：《七录斋合集》，曾肖点校，济南：齐鲁书社，2015年，第352页。
⑤ （明）张溥：《七录斋合集》，曾肖点校，济南：齐鲁书社，2015年，第458页。

《三百》，而后之论者比于饮酒，言有其别。"①因此格外看重诗人真实情感的抒发。如《刘中斋先生诗集序》曰："人但患诗文不真，无苦目前不识也。"《王载微诗稿序》亦云："是以作诗者广不取外，约不俭物，因其意仅而包有其事，要于称己而足，则已矣。"②在张溥看来，创作诗歌时的一切取材都是为了服务内心情感的抒发，二者不可本末倒置。但同时，张溥并没有流于"师心自用、情感泛滥"的窠臼。他对于诗歌的格调法度同样有所要求。比如他强调诗歌辨体在研习《诗经》和创作诗歌时具有重要意义。他说："《诗》之有六义，文字之所出也。风系于列国，颂告于神明，而小雅、大雅，燕飨献纳，多言君臣之事。学者习之而不能辨，则非所以为教也。且兴不与比乱，比不与赋乱，作诗者各有其义，概弃之而务于綦组之说，则君子之所恶也。"③风、雅、颂是《诗经》的体例，而赋、比、兴则是《诗经》的创作手法。这实际上对诗的法度境界提出了要求。

在竟陵派受到猛烈抨击的时候，张溥仍然高举"诗缘情"的旗帜，不仅是要纠正前辈复古派生搬硬套前人诗文的弊端，更有其特殊的社会现实背景。对此，廖可斌先生指出："在思想观念方面，复古派力图恢复古典审美理想和古典诗文的审美特征，追求个人与社会、情与理的统一。这种观念对追求个性解放的浪漫主义文学思潮来说是桎梏，但与明末文学的爱国主义主题是吻合的。"④张溥既不像理学家那样一味贬低人的情感，也不像部分浪漫主义诗人那样对情无所节制。他肯

---

① （明）张溥：《七录斋合集》，曾肖点校，济南：齐鲁书社，2015年，第119页。
② （明）张溥：《七录斋合集》，曾肖点校，济南：齐鲁书社，2015年，第132页。
③ （明）张溥：《七录斋合集》，曾肖点校，济南：齐鲁书社，2015年，第138页。
④ 廖可斌：《明代文学复古运动研究》，上海：上海古籍出版社，1994年，第378页。

定"情"的合理性，让符合要求的"真情"在合适的途径抒发，这在当时是符合现实需求的。

二、明辨文体，融通情法

明代是一个文体学极盛的时代，产生了三部重要的辨体著作，分别是吴讷《文章辨体》、徐师曾《文体明辨》和贺复徵《文章辨体汇选》，可以说，对文本构成模式的探讨成为有明一代文学批评的重要话题。张溥同样重视文章辨体之功。其《溥归二子合稿序》云："予闻词草善变，有体为高。"就是将文本的体制作为文论的基础问题提了出来。

吴承学先生研究指出："明人总集的着眼大多在于辨体，最终目的确是通过辨体而推崇某种思想。中国古代文体论的一个传统，就是在文体谱系中，文体是有等级差别的，它取决于文体的正变高下。"① 张溥在《同卿徐泰掖先生留垣奏议序》中就明确的将古今文字分成了等级分明的两类。"古今文字关世用、通语言者，上则奏疏，下则书启，其他诗歌、骚、颂、赋、序、记、跋皆不急之文，献酬博雅，闲恣游戏，异于冬裘夏葛矣。"② 显然，实用主义是张溥的文体等级划分标准。他将公文抬高到了众文体之首的地位，甚至认为"君臣问答之外，无他文字"。《历代名臣奏议序》曰：

> 唐虞以来，君臣问答之外，无他文字；降及后世，盘庚

---

① 吴承学：《明代文章总集与文体学——以〈文章辨体〉等三部总集为中心》，《文学遗产》，2008(6)84-94。

② （明）张溥：《七录斋合集》，曾肖点校，济南：齐鲁书社，2015年，第336页。

谕众，周公告商，烦辞谆复，世变激然，非得已也！夫以君
命臣则言，以臣答君则言；以父教子则言，以子谏父则言；
以兄弟、寮友相告戒则言，非此而言者，皆多也。是故骚极
屈宋，赋盛马杨。词章之学，君子以为无益于治国，不究于
宜民，虽废弗讲，可以无讥。若事关奏对，言掣国家，在上
而不知，必有失道之忧；在下而不知，必有害公之罚。①

　　张溥对文体的划分体现了实用主义文学观，他倡导"兴复古学，
务为有用"。在散文领域，比起抒写个体的生命体验，他更注重文本
的文以载道和经世济民功能，在讨论文体时不免掺杂了以"载道"为
目的的功利色彩。当然，他的文体观与明代主流的辨体思想是大体一
致的。如吴讷《文章辨体》深受《文章正宗》"明义理，切世用"的影
响，把一切古体视为文章之正，把一切骈偶声律之作视为变体，归入
"外集"，附于正体之末。而徐师曾在《文体明辨》自序中说："闾巷家
人之事，俳优方外之语，本吾儒所不道。"并引用杨龟山的主张："为
文须要有温和敦厚之气，章疏告君文字，盖尤不可无。"强调章疏公文
的重要地位。可见张溥与吴讷、徐师曾等的思想一脉相承，基本延续
了吴、徐的文体观念。

　　值得一提的是，张溥对待文体新风尚的态度非常宽容。以东方朔
创主客问答体为例，汉代东方朔"求大官不得"，遂作《客难》以托
古慰志，随后扬雄等学者"争慕效知"，于是"假主客、遣抑郁"之
文在文坛流行开来。但这种主客问答体的文章并没有被大众完全接受，

---

① （明）张溥：《七录斋合集》，曾肖点校，济南：齐鲁书社，2015年，第242页。

"世亦颇厌观之,其体不尊,同于游戏"①。张溥对新文学形式本身的价值不置可否,指出作者的才华不能因写作不常规的文体就被全盘抹杀,应该看到他们独创的才能和特别的用心。"作者之心,寔命自伟,随者自贫,彼不任咎,未可薄连珠而笑士衡,鄙七体而讥枚叔也。"②这体现出张溥对文学辩证博观的态度,这种辩证态度也有感于时风而发。陆岩军研究指出:"明代文学派别林立,且每每以相反为高,后一派总是竭力指斥前一派的弊端,而自身亦往往落入之后一派的指斥中。平情析理来看,文学流派间相互指斥的弊端,多为流弊,首开风气者多有其称道处,而众多仿效者则多将之推向极端而堕入恶道。所以,张溥提出的对于首创者与仿效者、首创之文体与后效之泛滥应分而观之的观点具有普遍的适用性。"③

除了辨明文体外,张溥还十分看重文章的章法,他在写给他人的文序中经常提到这一点。比如《吴骏公稿再序》云:"若骏公之大人禹玉先生,则彬彬笃行君子也。端尚规矩,而文崇典则。"④强调规矩文法对文章的重要性。在具体文法上,张溥主张古文应尽量减少语助词,并提出"百尺无枝"法。《韩芹城诗文稿序》云:"古文之难,恶多语助,欲直去之,情又不接。向械宋九青,近悟古文一法,全在百尺无枝。"《论表策说》专门阐述论说文的文法:

> 夫文章有矩,论之兼焉者众。昔人尝参其科于议、说、

---

① (明)张溥:《七录斋合集》,曾肖点校,济南:齐鲁书社,2015年,第453页。
② (明)张溥:《七录斋合集》,曾肖点校,济南:齐鲁书社,2015年,第453页。
③ 陆岩军:《张溥研究》,上海:上海三联书店,2016年,第113页。
④ (明)张溥:《七录斋合集》,曾肖点校,济南:齐鲁书社,2015年,第345页。

传、注、赞、评、叙、引、箴、解、问、对，谓所该广，凡体各到。故律人物则贵殚来处，不轻是非；究事势则宜折本实，不需刺列；综象名则状显而致切，举理会则情均而节长。盖非旧练之才，鸿知博采，约以身段，弗能为也。表以下告上，义在标明；制始西京，止设以陈请，至后则纷彪矣。其用有论谏、请劝、陈乞、进献、推荐、庆贺、慰安、辞解、陈谢、讼理、弹劾，施殊而辞亦分道，汉晋散言，唐宋切声，不既雍然瑝哉？①

　　但凡讲究文章规矩法度的作家，都免不了要对文法和才情二者的关系作出权衡。在复古派中，李梦阳守法最严，他在《答周子书》中说："文必有法式，然后中谐音度。如方圆之于规矩，古人用之，非自作之，实天生之也。今人法式古人，非法式古人也，实物之自则也。"②针对前七子抑损才情、屈就格调的弊端，王世贞提出了一些"调剂"之法。比如"夫辞不必尽废旧而能致新，格不必步趋古而能无下，因遇见象，因意见法，巧不累体，豪不病韵，乃可言剂也"③，还有如"意至而法偕至""法不累气，才不累法"等等。这些都说明，王世贞希望冲破格调的枷锁，调和才情与格调、创新与复古之间的矛盾。

　　张溥基本上沿袭了王世贞后期的改良主张。《徐复生稿序》云："不称规矩而好论华采，犹以市人之战，语黄帝之师也。今之文人弗模弗范者有之矣。类非能特立者也，窥其中索然而干，则亦无有而已

---

① （明）张溥：《七录斋合集》，曾肖点校，济南：齐鲁书社，2015年，第224页。

② （明）李梦阳：《空同集》卷六十二，文渊阁四库全书本。

③ （明）王世贞：《弇州四部稿》卷六十八文，明万历刻本。

矣。"① 和王世贞一样，他也看到了一味追求规矩法度导致的弊端，明代文坛从不缺生搬硬套、弗模弗范的文人，他们的文章空有一套标致严整的体格，读起来却索然而干，没有深邃灵秀的生命力。

此处我们以《司马文园集题词》中张溥对辞赋名家司马相如的评价来具体分析。这篇题词大致可以分为三个层次。第一，张溥提出天赋才情是一个作家至关重要的素质。他说："《子虚》《上林》，非徒极博，实发于天材。《美人赋》《风诗》之尤，上掩宋玉。盖长卿风流诞放，深于论色，即其所自序传。琴心善感，好女夜亡，史迁形状，安能及此？他人之赋，赋才也；长卿，赋心也，得之于内，不可以传。"② 也就是说，司马相如之所以能取得旁人不可及的成就，在于他有一颗天材善感的赋心。第二，张溥认为遵守文章的法度格调能够使文章更加规范。在高度评价相如赋才的同时，他也对司马迁"长卿赋多虚词滥说，要归节俭，与《诗》讽谏何异？"的论断表示认同，认为相如若以法度对文章作适当约束，那么其成就会更高。第三，才情与格调兼备并不是一件容易做到的事情。张溥举扬雄常拟作相如文的例子，指出模仿他人章法不论有多么"锐精揣炼"，也不过能"合辙"而已，就如《汉书》之于《史记》，得其形而不得其神。

三、文质相符，先质后文

文与质是中国古典文论中的一对基本范畴。最先使用这对术语的是孔子，《论语·雍也》曰："质胜文则野，文胜质则史，文质彬彬，然后君子。"王运熙先生指出："孔子在这里并不是评价文学，而是评

① （明）张溥：《七录斋合集》，曾肖点校，济南：齐鲁书社，2015年，第452页。
② （明）张溥：《七录斋合集》，曾肖点校，济南：齐鲁书社，2015年，第344页。

论人物，文、质在这里指的是文华和质朴，都是就一个人的文化修养、言谈举止、礼仗节文而来的。"①魏晋时期的文论使用文、质二字大多是针对文辞的风格而言，指的是文章外部风貌的华美或质朴；只有少数情况可理解为内容与形式。唐代安史之乱以后，随着社会矛盾的加剧，文章的社会政治功用被提了出来，此时的"质"往往兼指文章的内容和文辞的质朴。晚明时文章经世致用的需求更加突出，"质"也产生了更多的引申意义。

张溥对"文"的要求也很明确。首先，他偏好先秦温厚质朴之文，不喜六朝繁缛的文风，评价六朝文风"迷楼凤帽，歌声兆亡"②。《钱如春六十序》赞扬钱如春简练畅达的文章风格，"钱子学周素知书，故虽服贾而不离其本，置区高市，蓄逸篆异文以来果布，又工磨洗，长编勒，篇无坠言，句无黝字，遂罹雅誉于策府，其所云交素，悉当世魁梧长者。"③其次，提倡尔雅近古之文，反对俚杂鄙俗之文。《皇明经世文编序》云："前代文字，尔雅可观，得其一篇，讽咏不倦；世代渐移，语言俚杂，卷充栋宇，排排欲睡。有志之士，敝蹻章句，放意典坟，非不自命豪杰，然逡巡两难之间，垂老而无一成者多矣。"④

张溥认为文质相符是最完美的境界，"文"与"质"就像成车的两个轮子，不可偏废任何一方。他说："辞法兼者，上也；得其一者，次也。两者皆劣，即弃而不顾。"⑤《薄归二子合稿序》亦云："然潘陆尚

---

① 王运熙：《中国古代文论管窥》，上海：上海古籍出版社，2014年，第54页。

② （明）张溥：《七录斋合集》，曾肖点校，济南：齐鲁书社，2015年，第174页。

③ （明）张溥：《七录斋合集》，曾肖点校，济南：齐鲁书社，2015年，第200页。

④ （明）张溥：《七录斋合集》，曾肖点校，济南：齐鲁书社，2015年，第380页。

⑤ （明）张溥：《七录斋合集》，曾肖点校，济南：齐鲁书社，2015年，第268页。

华，园绮有实，二者辅车，何尝不并？"① 但是受到作家笔力、世风宗尚、文章需求等因素的限制，"文"与"质"在现实中很难实现并驾齐驱。如果必须在二者之间作出选择，张溥坚定倡导"先质后文"。《汉魏六朝百名家集总题》评论六朝江左文人中能与汉代名家相媲美的皆以先质后文为旨。"椎轮大路，不废雕几；月露风云，无伤气骨。江左名流，得与汉朝大手同立天地者，未有不先质后文、吐华含实者。"《陆清河集题词》云："二陆用心，先质后文，重规蹈矩，亦不得已而后见耳。"② 张溥都高举先质后文的旗帜。

文章的外在形式言人人殊，众口难调，文字的俭繁尺度也难以把握。故而与其在形式上费力难讨好，不若在"文质"上用力打磨。张溥曾举《文选》和东坡文章的例子对这个问题加以说明。他说："读《文选》者，苦其字肥；读苏集者，嫌其字瘦。然笔止贵动，笔行贵留，察则兼长，去彼两疵，存乎善学。"③ 可见即使杰出如《文选》和东坡文章，也不免因文辞肥瘦受世人讥嘲，与其在文章形式上蹈袭模拟、斤斤计较，不若以质为先，从心而发。"得其解者，肤神俱清，工敏嫌极，宁肯因循篱下、饮啄十步哉？"④ 又说"兹有内实者焉，志尚纲纪，行务隅积，媌靡不以杂容，虚无不以设口。若然者，不必其春容大篇目，言满山海也。"⑤ 质盛之文不必过于追求文辞的美盛，只有那些内容空乏的文章才需要在文辞上下功夫。

对文过其质的文章，张溥皆给予了毫不留情的批判。如《王詹事

① （明）张溥：《七录斋合集》，曾肖点校，济南：齐鲁书社，2015年，第392页。
② （明）张溥：《七录斋合集》，曾肖点校，济南：齐鲁书社，2015年，第452页。
③ （明）张溥：《七录斋合集》，曾肖点校，济南：齐鲁书社，2015年，第392页。
④ （明）张溥：《七录斋合集》，曾肖点校，济南：齐鲁书社，2015年，第392页。
⑤ （明）张溥：《七录斋合集》，曾肖点校，济南：齐鲁书社，2015年，第392页。

集题词》毫不含糊地指出颜、谢部分篇目的弊病。"即颜延年《哀宋元后》、谢玄晖《哀齐敬后》，一代名作，皆文过其质，何怪后生学步者哉？"①张溥批评了写作这类文章的文人，他说："冠进衣逢之徒，自号美盛，经营托乎天地，讽吟不遗草鸟，顾定意无本，倜然有忘其四枝，亦非所以为文人也。"②他不喜欢刻意的雕琢，主张文章天然而发。《叶必泰稿序》云："文章之事必先天然，次资问学，兼其致者，号名绝矣！"③因此他格外看重文章的真情实感，指出没有灵感则不必强求为文，强求就会使文章显得刻意做作。他说："千之与让伯兄弟读书一堂，日成文数首、诗数章，如饮食然，时至而有，不病经营。"④

　　另外，将"文""质"关系本末倒置还会产生危害。一般的在野文人作冶艳文字尚可当作个人爱好，而位高权重者一味"重文轻质"则于社稷有害。《陈后主集题词》评价陈后主"轻薄"，"最甚者莫如《黄鹂留》《玉树后庭花》《金钗两鬓垂》等曲。《玉树》一篇，寥落寡致，不堪男女唱和，即歌之，亦谓及哀也"⑤。假使陈后主生在太平之世，换一种身份，或为诸王，或为列侯世阀，那么以他的艺术天赋或许还能成就一段"竟陵佳话"。但他以君王之位，终日沉溺于轻薄浮艳之诗文，文人士子纷纷以此为正宗，以致世风虚浮。正所谓"鹤不能亡国，而国君不可好鹤，后主盖与卫懿公同类而悲矣"。张溥对江总的批判更加猛烈。《江令君集题词》云："文昌政本，与时低昂，朝

①（明）张溥：《七录斋合集》，曾肖点校，济南：齐鲁书社，2015年，第482页。
②（明）张溥：《七录斋合集》，曾肖点校，济南：齐鲁书社，2015年，第482页。
③（明）张溥：《七录斋合集》，曾肖点校，济南：齐鲁书社，2015年，第265页。
④（明）张溥：《七录斋合集》，曾肖点校，济南：齐鲁书社，2015年，第283页。
⑤（明）张溥：《七录斋合集》，曾肖点校，济南：齐鲁书社，2015年，第484页。

宴夜游，太康无儆，即其恬淡，亡国有余也。"①又云："考及史书，后庭荒宴，罪薄'五鬼'，自矜淡漠，岂犹任质之谈耶？《六宫谢章》《美人应令》艳歌侧篇，传诵禁庭。"在张溥看来，江总身为社稷重臣，不思致君泽民反而溺于宴游文嬉，不愧憾自省反而自诩"清净出尘"②，实在是亡国罪臣。张溥最后总结道："齐梁以来，虚化成风，士大夫清君臣而工文墨，高谈法王，脱略名节，鸡足鹭头，适为朝秦暮楚者耳！"

四、文有风骨，意气骏爽

"风骨"是中国古代文学批评理论中的一个重要概念。"风骨"一词最早出现于汉末，流行于魏晋。与"文质"一样，这一概念起初被用来品评人物，后来才用于文学、绘画、书法等文艺评论中。以"风骨"评诗论文最完备最系统的是刘勰的《文心雕龙》。首先要对"风骨"的含义作一界定。王运熙先生指出："风和骨原是两个概念。风的基本特征，是清、明、'述情必显'，是作者"意气（即志气）骏爽"的反映，风清是指文章风貌清明爽朗的一种艺术感染力；骨的特征是峻、健，即指语言的挺拔和刚健有力。"③风骨与作品的思想内容有一定关系。这种关系是一种隐含的指向，即风格的清明爽朗要求着内容的健康纯正，刚健有力的风貌也必须有端正慷慨的思想作基础。我们很难想象内容淫靡绯丽的作品能写得清明爽朗，也很难想象消极反动的作品会展现出刚洁有力的风貌。也就是说，思想内容的健康雅

① （明）张溥：《七录斋合集》，曾肖点校，济南：齐鲁书社，2015年，第485页。
② （明）张溥：《七录斋合集》，曾肖点校，济南：齐鲁书社，2015年，第485页。
③ 王运熙：《中国古代文论管窥》，上海：上海古籍出版社，2014年，第54页。

洁是作品有风骨的前提条件，风骨则是在思想内容的基础上对作品提出的更高层次的要求。

"风骨"在中国文学史上，最有代表性的莫过于建安风骨。张溥在《汉魏六朝百三家集题辞》中，多次指出建安文学这一特征并加以肯定。《魏武帝集题词》评价三曹父子"瑰玮"，他说："文章瑰玮，前有曹魏，后有萧梁，然曹氏居最矣。"①《魏文帝集题词》则描述曹丕部分作品质朴爽利，有立身之正气。他说："《典论·自序》，善述生平；《论文》一篇，直自言所得。《与王朗书》，务立不朽于著述间，不肯以七尺之棺，毕其生死。"②《陈思王集题词》比较曹操父子三人于风骨上各有所长，"（曹植）自然神致，少逊其父，而才大思丽，兄似不如"③，与前人评价大体一致。除了三曹之外，张溥评价陈琳在建安诸子中"篇最寂寥"，但是《为袁绍檄豫州》一文"奋其怒气，辞若江海"④，十分激昂慷慨。阮瑀以书表文见长于曹魏，作品大多文采翩翩，润泽敏健。他还指出刘桢的章、表、书、记文壮而不密，流畅峻健，十分出色。

在《文心雕龙·风骨》篇中，刘勰由风骨进一步提出了"气"的作用。他指出："辞之待骨，如体之树骸，情之含风，犹形之包气。结言端直，则文骨成焉；意气骏爽，则文风清焉。"也就是说文辞需要有骨力，好像人的形体需要有骨架支撑一样；表达感情需要含有风力，犹如人的形体要有生气一样。换句话说，"气"与"骸"一样，它们不

---

① （明）张溥：《七录斋合集》，曾肖点校，济南：齐鲁书社，2015年，第459页。
② （明）张溥：《七录斋合集》，曾肖点校，济南：齐鲁书社，2015年，第460页。
③ （明）张溥：《七录斋合集》，曾肖点校，济南：齐鲁书社，2015年，第460页。
④ （明）张溥：《七录斋合集》，曾肖点校，济南：齐鲁书社，2015年，第460页。

是作品的外在表现，而是蕴藏在作品的内部，是风骨得以存在的内在基础。"气"源于作家的内在禀赋，既出于作家的天赋秉性，又可通过后天学习获得。

张溥对"气"的认识可以说充分吸取了前人的理论成果。他认同刘勰所论文气与作家个体的内在联系，肯定作家的脾气秉性和人生经历对文章风力的作用。比如《东汉荀侍中集题词》评价荀仲豫性沉而辞直，"仲豫性沉静，好著述，隐居托疾，不入阉官网罗"。因此作的文章"上仿《过秦》、下拟《骠骑》，较班、马挹讳，其辞直矣"①。《徐复生稿序》指出复生其人乃"士之颠然盛气者"，其文"周折规矩，行安节和，读之有《采齐》《肆夏》之思焉"。因此总结道："天下深钜之事，非有气者莫为也，况文字乎？"②

宋代以来，儒家思想对文学领域的影响逐渐加强。人们又提出了"文以理为主"的说法，"理气说"开始形成。如元代刘将孙说："文以理为主，以气为辅。"明代周忱说："文以理为主，而气以发之。"③张溥致力于尊经复古，这种以理为气的理论在他的评论文章中多有体现。如《国表小品序》曰："夫惠常弘气渥理，吐蓄中会；石香之精览隐赜，树体峻遥，后之劲士，未敢拾节焉。"《王文肃课孙稿序》云："迨读其课孙诸篇，长短丰约，不可一端，其要曰中理切事而已！坤厚载物，气兼四时，发不能藏，敛不能出，皆非地所有，上之于天，事亦不全。"④将"理"与"气"并提。

---

① （明）张溥：《七录斋合集》，曾肖点校，济南：齐鲁书社，2015 年，第 457 页。
② （明）张溥：《七录斋合集》，曾肖点校，济南：齐鲁书社，2015 年，第 344 页。
③ 王运熙：《中国古代文论管窥》，上海：上海古籍出版社，2014 年，第 41 页。
④ （明）张溥：《七录斋合集》，曾肖点校，济南：齐鲁书社，2015 年，第 251 页。

作品的内在品格是"气"，如果过于追求作品的外在辞藻，那么就会有"短气"的问题出现。张溥曾比较两朝文章风格变化，"西京之文，降而东京，整齐缛密，生气渐少"①，认为文辞的繁缛程度和文章的生气呈现负相关。当然，文气不仅由文章的章句形貌决定，创作主体的品格和文章的内涵才是决定文章是否清朗豪爽的关键。《孔少府集题词》"东汉词章拘密，独少府诗文豪气直上，孟子所谓浩然，非耶？"张溥此处所言孟子的浩然之气是有两层意思。一层是指文章的"豪气"，就是孟子的浩然之气；另一层意思则讲孔融之所以能创作出不同于他人的豪气文章，原因在于孔融人格中所蕴含的浩然正气。拘密的辞章难以织就出豪爽的篇目，拘狭的品格更无法创作出健朗的文章。

---

① （明）张溥：《七录斋合集》，曾肖点校，济南：齐鲁书社，2015年，第455页。

第五章　张溥散文的艺术风貌

第一节　张溥序跋文的艺术风貌

序，又称作"绪"或"叙"，分为诗序、文序、书序、贺寿序等。诗文序是写在一部诗文集或是一篇诗文作品之前的一篇文字。"言其善叙事理，此地有序"。跋的性质与序相近，也是对作家作品及相关问题进行阐发评述的文字，一般放在著作或文章的后面。明中叶以后，寿序开始盛行。清陈康祺《郎潜纪闻》卷七："寿序谀词，自前明归震川始入文稿。然每观近今名人集中偶载一二，亦罕有不溢美者。"[①] 晚明文事兴盛，印刷出版业发达，文人们纷纷刊发文集、互相请托写序跋。张溥作为选文名家，又是享有崇高声望的复社领袖，自然受到了四方文人的请托，于是创作了大量的诗文集序和应酬性的寿序。张溥本人秉持着知人论世的原则和儒者的翩翩风范，文章也带有传序兼备的品格和融经洽史的特色。

一、知人论世，传序兼备

张溥文论明确提出了以人观文、文品即人品的观点。他曾说："人

---

① （清）陈康祺：《郎潜纪闻初笔》卷七，北京：中华书局，1990 年，第 328 页。

者，风雅所丽，故文章滋焉。"又说："夫体内之存万事根柢，顾思密致出，则以文为常矩。"① 也就是说，文章是作者内心世界的外化，作者胸中有沟壑，笔下自然气象万千。正是由于文品与人品之间密不可分的关系，张溥甚至认为有些人"虽未交尺书"，却可以"因文测情，系显观微"，从他的作品中分辨此人的情感操行。《洛如社序》曰："欲以事相难，则考理而已；欲以文相难，则论人而已。"②《房稿是正序》亦云：

> 执文相难，文之高下，不能强齐，作与论者可以安矣。约而归之为人，为人之道有善而无恶，其亦可弃而不复欤？要之论文之正，亦无以逾乎斯也。③

故而张溥再给文集作序时，往往"因于其性，观于其文"④，将"论人"摆在首要的位置。他的文序大多杂糅作者的生平事迹、品行节操和行文风格，因而有了人物传记的色彩。张采评价道："天如序言，每备数体。如此文，已兼传记矣。"

张溥有时还会使用侧面描写的手法，用作者的美好人格暗示其为文的典雅醇厚。如《荆实君稿序》一文，张溥赞扬了荆实君"无愧于圣贤"的深厚的经学积累，描绘了荆实君与周锺兄弟的共读时光，通过描述日常生活画面突出其为人的诚挚温厚。全篇几无一言评价荆实

① （明）张溥：《七录斋合集》，曾肖点校，济南：齐鲁书社，2015年，第171页。
② （明）张溥：《七录斋合集》，曾肖点校，济南：齐鲁书社，2015年，第178页。
③ （明）张溥：《七录斋合集》，曾肖点校，济南：齐鲁书社，2015年，第125页。
④ （明）张溥：《七录斋合集》，曾肖点校，济南：齐鲁书社，2015年，第180页。

君文章，然而字里行间皆传达出实君文章有温柔敦厚之思的意味。又如《张受先稿序》，张溥满怀深情的回忆两人的深厚情谊，详细介绍张采为人耿介，遇事"有气敢往，排悍在前"，交友有信，事母至孝。在此基础上总结张采为文"喜说道理，引绳墨"，有"孝弟忠信、礼义廉耻"①之思。

有些人的文学成就不算突出，但却有着丰富跌宕的人生阅历，张溥为他们所作的序文，实际上就是一篇篇生动翔实的人物传记。如《曹忍生稿序》历数曹忍生的生平事迹，大力赞扬忍生高洁独行，与阉党作坚决斗争的浩然正气，而对其文章特色几乎不着寸墨。他说："余熟忍生之文，可以无序；而于其行也，不容不将之以言。"②足以概括张溥写作此类文序的手法。有的序文则是论文与论人交替进行，从而突出不同的境遇塑造人的品格，锻造人的文风。如《沈去疑稿序》追忆沈去疑在莱阳宋氏门下学习理学之书的情形，由此评价其文"正而中雅""足风自持"，有理学家风度，堪称"大家之业"③。

张溥作序用情至深，字里行间蕴含着动人的情怀。周锺曾评价曰："他人之为文，文而已；天如之为文，无非情也。情弥长，则文弥曲矣。"④张溥一生交游和为人，信义素著，以情注入。友人张采回忆道："若夫修明教术，推前引后，凡在门下，咸同忧喜；即小善微长，欣赏累日，以故从游遍天下，又心性然也。"⑤王志庆亦云："孰能刚肠厚道，善有恃而恶有畏，如天如之介然于邪正乎？孰能施德而不伐，求者继

---

① （明）张溥：《七录斋合集》，曾肖点校，济南：齐鲁书社，2015年，第158页。
② （明）张溥：《七录斋合集》，曾肖点校，济南：齐鲁书社，2015年，第134页。
③ （明）张溥：《七录斋合集》，曾肖点校，济南：齐鲁书社，2015年，第154页。
④ （明）张溥：《七录斋合集》，曾肖点校，济南：齐鲁书社，2015年，第132页。
⑤ （明）张溥：《七录斋合集》，曾肖点校，济南：齐鲁书社，2015年，第653页。

至而不匮，如天如之春风风人夏雨雨人乎？"①

最能体现这一特点的是张溥与朋友交游的文章。比如《曹忍生稿序》写朋友曹忍生心怀"郁积之意、浩然之气"，只可惜科举屡不得志，遂抛却烦扰远游四方。文章浅显易懂，结构清晰，用白描的手法写出了与朋友离别之际的不舍之情。周锺因此评价道："古文赠别之言，从无此深重。"《贺鲁缝稿序》回忆与贺鲁缝交往的过程。初见时"以诚相开，意不复有彼此"。后来交往渐深，"鲁缝读书于武丘，予每如郡，即与宴笑畅论，共发见闻"。张溥借为贺鲁缝文集作序的机会重申朋友之道与人伦之情。周锺评此文曰："清峻遥深，至此已极，然而无非情也。"②

二、融经洽史，儒者之文

邹漪《启祯野乘》评价张溥之文，曰："天如为文融洽经史。"陈子龙亦指出张溥"其文原本经术而工于修词"。这句话准确地道出了张溥散文的特点之一。张溥年幼时曾"七录七焚"苦读经史，他立志为大儒，常以"三不朽"自我勉励。青年时通过与杨彝、顾梦麟、周锺等人讲学论道，张溥更加坚定了专研经史的决心。应社初举时，张溥与众人约定"尊遗经、砭俗学"，分治五经。崇祯二年（1629）复社成立大会上，张溥再一次重申"期与四方多士共兴复古学，将使异日者务为有用"的社团宗旨。何宗美先生指出："复社提倡兴复古学，其学术上的两大基石一是经学，二是史学，在文学思想上又明确把学问视为作家最为重要的素养之一。所以，在其创作过程中融会经史也

---

① （明）张溥：《七录斋合集》，曾肖点校，济南：齐鲁书社，2015年，第663页。
② （明）张溥：《七录斋合集》，曾肖点校，济南：齐鲁书社，2015年，第144页。

就不足为奇了。"①

张溥的序跋文对"经"的融洽主要表现在引经据典、文气盎然、诚雅敦厚等方面。纵观张溥文序，大多为儒者劝世之文，主旨不仅在于论文，更是通过论文来揭示文章或作者所蕴含的道德深意。以小见大，进一步弘扬经术大义，周锺评曰："天如之文，强人气骨，正人学问，往往而然。"比如《宋宗玉稿序》赞扬宋宗玉之文"美、善"以及莱阳宋氏"门庭之学，后先帅循，泽究天下"②，指出学习圣人的必要性，"习圣人之书而不明圣人之文，罪之上也；居圣人之地而不复明圣人之文、服圣人之行，罪且什佰焉"③，如《房稿霜蚕序》评价并呼吁士子们"览古以自寄，博观而道存"。张采对此评价曰："儒者不杂引一说，即位博丽，终必要之于正者，此也。"《行卷香玉序》呼吁世人珍惜"大阉正诛"、正人昭雪的时代。张采评曰："于小见大，于谐取正，君子终日杂说而不离道，信哉！"又如《房稿是正序》强调尊师重道，治经作文须本于先师烈祖之学。张采评："若概作序文读过，则接目而美尽矣。惟其反复深思，验之已得言，提其耳，无时可忘也。"④可见文章说教劝世诚挚恳切，读之令人深受启发。

张溥所作的寿序文同样秉持温柔敦厚之旨，注重抒发人伦孝悌之情。周锺评曰："天如为寿序，每篇生义，抑扬顿挫，无非发人孝弟，正未易轻读。"又曰："寿言之作，盛于昭代，求其正大风雅、温柔敦厚，天如之文，足教天下矣。"张采评曰："风纪之论，可寿百世，文

---

① 何宗美：《明末清初文人结社研究》，上海：上海三联书店，2016年，第230页。
② （明）张溥：《七录斋合集》，曾肖点校，济南：齐鲁书社，2015年，第122页。
③ （明）张溥：《七录斋合集》，曾肖点校，济南：齐鲁书社，2015年，第122页。
④ （明）张溥：《七录斋合集》，曾肖点校，济南：齐鲁书社，2015年，第125页。

之裁剪照应，无不极神。要之天如为贞女节士传序，尤其所长。"可见张溥十分看重女性的贞烈精神，在序文中对此着重弘扬。如《贺黄母旌节序》言"节与孝"乃是"成人之道"①，这不仅是男子修身立业的根本，女子中"有志行者"也要遵奉笃行。张溥擅长在寿序文中阐发精理大义，这一点在当时的大多数寿文中是比较少见的。比如《徐伯母朱太君五十序》借言"太君之德"，铺陈敷衍《礼》《大雅》《易》的经法义理：

> 太君之德，乡之人皆能言之，其言者以为女士也，巾鞲而道古也。三十年独春、独夏、独秋、独冬，行如日月；又经后人以《礼》，"男唯女俞"，"节节然"，裁于《大雅》也。故用以化盛鬓之嫉妒，备玉仪之清贞，徽徽之音起焉。虽然其辞乡人也，抑未之有？原夫天地广大之理，首明于《易》之尊卦，生人义聚矣。推说爻象者或云："刚朝柔夕，杨木阴草。"要读坤文，而念勤劳之正，万事告究焉。若太君者，非克尽夫坤之为道者欤！②

在《吴镇朴先生六十序》中，张溥针对朋友相处之道反复论说，并申明"大道之戚，在乎无徒；而斯人之伤，归予谬予，侈之则已甚也，约之则已失真也。"周锺评曰："于称寿之中明千古之义，此真也文章为大事。"

张溥的文序纵横激荡，没有一点儿迂腐窒塞之气。他胸襟开阔，

---

① （明）张溥：《七录斋合集》，曾肖点校，济南：齐鲁书社，2015 年，第 203 页。
② （明）张溥：《七录斋合集》，曾肖点校，济南：齐鲁书社，2015 年，第 197 页。

下笔时也非常豪迈。他的文章或是调侃今人、学古劝世；或是替人排遣"不遇"之苦，强调人生几多从容；或是满怀建功立业的壮志，警劝世人做一番大事业。比如《历科文针序》从选刻八股文的宗旨铺开，倡导为文者和选文者都要立志作"立乎当日、接乎后世"的"一代之文"，并针对国家取士和个人名利之间的关系提出了自己看法：

> 嗟乎！以国家取士之盛，缙绅先生负为能文者之众多，而约取严与，不获以爵位之通显，列于文字之林，安在科目之能量天下士哉？至于简稽已尽，广之名社，以足己之志，虽子寅与人之周，亦系其慎乎选者至也。夫始观之于达人，而终应之以四国，一代之秀伟乔绝者，无不至于其前，而文之可否，系其进退，斯不亦豪杰之荣、赏不德而罚无怨者哉？系是而相与造大，士各去其一时之见，以求文之所谓，予且为之歌《王风》矣。①

又如《程墨大宗序》专门讨论士子"遇与不遇"的问题，张溥对"命运说"不以为然，并认为即使"不遇"也要修身有为。文曰："修身大务，而文章次之，命由介乎然不然之间也。不信乎命，则不可谓君子之不遇，而泊少乎仁义；既信夫命，则不可谓小人之必遇，羡其荣宠而忘其衰贱。使世有雄俊有为之士当事而察于予言，无所忌讳之朝，必有以行矣。"②文章慷慨陈词，率意而发。周锺评曰："激昂，有风烈。"张采对这类文章的评价也很高，说："古文之难，难于音节。

---

① （明）张溥：《七录斋合集》，曾肖点校，济南：齐鲁书社，2015年，第127页。
② （明）张溥：《七录斋合集》，曾肖点校，济南：齐鲁书社，2015年，第156页。

其一种亢壮顿挫激昂生气，惟韩欧能之，今仅见天如耳。"

第二节　张溥论说文的艺术风貌

我国古代论说文源远流长，是散文中的大宗，前代文体学家对它的划分也比较复杂。刘勰将"论"分为"四品八名"，萧子良《文选》分"论"为设问、史论和论三类，徐师曾《文体明辨》将"论"细化为理论、政论、经论、史论、文论、讽论、寓论等六类。考虑到论说文"弥纶群言、研精一理"的功能，当代学者褚斌杰将"论"分政论、史论、学术论文三大类。①张溥的论说文从内容来看主要是论政与论史，这些文章论述范围广泛，论证道理明确，表现出说理透彻，气势浑厚，以古为镜的艺术风貌。

一、说理透彻，气势浑厚

张溥的论说文说理透彻，结构谨严，气势浑厚，语言质朴。究其原因，首先是其文具有强大的精神内核——一种高度的社会责任感和一份昂扬不屈的正气。陈际泰曾评价曰："天如为文，固无异于天如之为人也。"②在动荡不安、人心浮躁的时代，张溥能胸怀天下，关注社会的每一寸角落，正是其社会责任感的体现；在政敌虎伺，十余年惊惧不安的岁月里，张溥不惮私利，不畏强权胁迫，"所持坚正，不为造次苟且"。如果心中有愧、有迟疑，文章就会有气虚的问题出现，自

① 褚斌杰：《中国古代文体概论》，北京：北京大学出版社，1984年，第312页。
② （明）张溥：《七录斋合集》，曾肖点校，济南：齐鲁书社，2015年，第652页。

然也就无法浩然刚正、明辨是非了。

张溥论说文的气势还来源于他的论证逻辑和论说技巧。如《山东论》谈山东地理位置险要，几乎全用排比句构成，句法简练绵密，多作排比，语势很强。如《左道论》开篇即摆明观点，为人君者"不务本教"[1]而耽于佛老必会扰乱天下。前半部分奇句多，借助用典暗示皇帝应该以史为鉴，语气舒缓，感情诚挚。后半部分偶句多，增强气势，不容置疑。又如《建学论》以切直、清峻之辞增强紧迫感、突出形势之严。开篇引李承芳上疏学宫坏天下人心之论，表示"盖已痛哉其言之！"语调沉痛，体现出学官不振的问题已经到了刻不容缓、亟待解决的地步。

《贾似道邀君》和《文谢之死》等史论文章在行文中始终有一股严厉公正的文气，张溥从儒家的道德标准出发，以历史审判者的气势对历史人物和历史事件作出评判。这种气势来自儒家思想的道德力量，也来自张溥行文时，别具匠心地采用了一些特殊的文章结构。这些结构产生了论点突出、说理透彻的论证效果。如《文谢之死》全篇采用对照结构，开篇对比南宋末年臣子们在面对国难时不同的人生抉择，首先列举文天祥、谢枋得等忠贞大臣鞠躬尽瘁、壮烈赴死的崇高精神：

> 文天祥柴市之戮，在至元之十九年，时元世祖混一之第三年也。二十六年，谢枋得至燕，不食死，距天祥之死又七年矣。国亡臣死，两贤独后，天下后世，必推为宋末忠义之首，以其从容赴难、九死靡悔也！咸淳之际，元围襄阳，率先战死者，有张顺、张贵；其后范天顺。牛富死樊城，边居

---

① （明）张溥：《七录斋合集》，曾肖点校，济南：齐鲁书社，2015年，第507页。

谊死新郢，义士接踵，史不胜书，迄崖山海陵而后止。①

接着批判了刘整、吕文焕等叛将的可耻行径，揭示了臣子失节对国家之害：

> 景定以来，刘整以泸州叛，吕文焕以襄阳叛，陈奕以贵州叛，吕师夔以江州叛，范文虎以安庆叛，数人者，皆宋大将，贾似道所亲厚也。②

可见，对照结构的使用不仅能使文章的批判讽刺意味更加突出，强调了失节的臣子对国家社稷蛀虫般的破坏力，也简洁有力地回答了后人研究宋朝历史时产生的"大宋多士，人尽夷齐，不能再造帝京、维持一纪，岂节义之力独绌于战功哉？"的疑惑。《文谢之死》还在论述中大量使用感叹句，增强了语段的气势，使作者的主观感情充分灌注于句子之中。

问答式结构也是张溥写作论说文时经常使用的逻辑结构。问答式结构要求逐次回答问题，这就产生了层层推进的论证效果，使文章有逻辑性和力量。如《贾似道要君》批判宋朝权臣不贤，败坏朝堂风气：

> 及留梦炎降唆都，陈宜中入占城，身为大臣，行同犬豕，飘蓬翩反，亦曷法乎？曰："法贾似道也。"似道少好游博，西湖灯火，燕饮不绝；既治第葛岭，聚娼尼，斗蟋蟀，淫乐嬉

---

① （明）张溥：《七录斋合集》，曾肖点校，济南：齐鲁书社，2015 年，第 621 页。
② （明）张溥：《七录斋合集》，曾肖点校，济南：齐鲁书社，2015 年，第 621 页。

戏。直狎邪者流。矫情饰容，辄请罢政，又曷法乎？曰："法王安石也。"安石初散青苗，韩琦疏其不便，神宗疑之，即称疾不出；敦谕再起，持新法益坚，其后人言稍至，即以去劫之，沮格、诽谤之法用，而国是大摇。①

　　张溥在这里先后提出两个问题，分别是"身为大臣，行同犬豕，飘蓬翩反，亦曷法乎？"和"直狎邪者流。矫情饰容，辄请罢政，又曷法乎？"不仅指出了宋朝臣子中的不良风气，也自然引出了文章的核心论点，即不正之风的始作俑者是谁，以及两股风气对朝政的危害。张溥在论说文中采用的更多的是这种平行式的问答结构。他的操作方法是将问和答的结构穿插进行文，围绕文章的主题提出几个有利于揭示主旨的问题，然后从不同角度作答。换句话来说就是提出问题，解答问题，一般是以问引出答，以答呼应问。这种问答式结构方式除了引导读者对内容的思考外，更重要的是自然而然地引导出各个分论点，给人一气呵成之感，使得文章结构井然，充满了说服力和感染力。

二、引史入文，察古镜今

　　张溥在《古文五删总序》中提出"史与文相经纬也"。他曾编写《文典》《文乘》二书，体例与文法皆仿照史家笔法。事实上，在我国古代文人眼中，文和史的界限本就是模糊的。尤其对致力于文以载道、经世致用的文人来说，史书之事迹和史家之笔法是他们取之不竭的资源宝库。张溥之文对"史"的融洽主要表现在论说问题对历史故事旁征博引和历史眼光方面。他对待历史的态度相当开明豁达，颇具辩证

---

① （明）张溥：《七录斋合集》，曾肖点校，济南：齐鲁书社，2015年，第618页。

精神。一方面，他能够用客观冷静的态度研读昔日贤者对历史的判词，既不尽信其言也不会全盘否定；另一方面，他深切体悟前人的品质意志，不以成败论英雄，尤其对那些身负奇才强志的命运悲剧者报以真挚的同情。

"察古镜今"是张溥时论文最重要的论说方法。在点评时政、阐发己见时，张溥好用典故，往往通过引述前人的故事来阐明自己的观点，或在讲故事的基础上发表议论，从不空发议论。

比如《治夷狄乱》指出本朝边患无穷的重要原因之一在于缺乏能够"内度中国之势，外安夷狄之情"的官员。他列举宋朝寇準反对南迁、力主真宗亲征的史事，使历史上贤明的君臣与本朝王振"委君土木、仓皇北狩"的行径形成了鲜明对比。关于庸臣之害，张溥十分赞同杨继盛的观点，认为古今之庸臣大都"内迫于天子之深恩，图幸目前之安以自效；外惧于敌之重势，务中其欲以求宽"①。为了证明这一点，他援引了历史上多个大臣的史事："凡古今庸臣，无乎不然也。甚而匡衡比石显，以掩陈、甘、郅支之功；王安石思外攘，开熙河，而反弃五百余里之地于洪基。"又如《两直论》在讨论北地边防问题时，提出吸取宋仁宗时范仲淹请修京城、立四辅的经验，加强本朝大同、易州及永平、临清地区的守备力量。《灾异论》建议朝廷提高灾害预警的意识，举宋李沆为相时"日取四方水旱盗贼奏御"②的例子佐证。《治河论》批评明朝治河"以小妨大，以私害公"，重蹈了"宋熙宁之闭北流"的覆辙。《宗室论》论数汉朝至宋朝宗室制度的弊端，用历史的经验教训证明不能指望"礼义自律"来解决宗室权力纷争。以上皆是

---

① （明）张溥：《七录斋合集》，曾肖点校，济南：齐鲁书社，2015年，第491页。
② （明）张溥：《七录斋合集》，曾肖点校，济南：齐鲁书社，2015年，第493页。

论从史出，言之有据。

张溥的史论文更能体现张溥深厚极博的史学积累，论说历史事件时总是旁征博引，频繁用典。如《元史纪事论》论文集的首篇《江南群盗之平》讨论元朝盗贼猖獗的问题。为了说明匪患的危害，他引用了汉朝和宋朝亡国的例子：

> 王莽篡汉而州郡兵起，金虏虐宋而山东兵起，作史者当是时，不惟不贱盗而反幸有盗，恶乱贼而外蛮夷，天下之公心也。赵宋以仁传家，亡于鞑靼，忠臣义士入海图存，余材不植，而闾阎强暴，奋臂一呼，众辄数万。

元朝和其他朝代对匪患的重视程度和处理方式也不相同：

> 群盗分啸，害及赵宗。阿鲁浑萨里片言解纷，善安反侧；撒的迷失，按兵养寇，延诛平民，虽屡立战功，义无取焉。

援引王朝的历史经验教训，说明匪患之害不可忽视。另一方面，匪患虽然棘手，却并不是无药可治，无方可医。历史上，阿鲁浑萨里等良将能够正确把握局势，灵活应变，妥善解决盗匪之害。张溥论说行文时，将历史上可供借鉴的事件信手拈来，不仅给论点提供了充分的论据，也给明朝当时的困境提供了借鉴意义。

第三节　张溥碑记、传状文的艺术风貌

褚斌杰先生在《中国古代文体概论》中指出："我国传记体文章，大致可分为三种，一种是史书上的人物传记，称为'史传'；一种是史书之外，一般文人学者所撰写的散篇传记；一种是用传记体虚构的人物故事，实际是传记小说。"[①] 而行状、墓志、碑记一般叙述人物的生平事迹，实际上也属于传记文学，只是因为它们的用途比较特殊，因此在名称上与一般的传记文有所区别。

一、夹叙夹议，慷慨陈词

唐宋以前，墓碑主要是死者家属为纪念亲人，寄托情感而立。后来，墓碑又肩负了表彰官员政绩、记录重大社会事件等功能。张溥所作的碑记文章数目不多，但不乏佳作。其中，《五人墓碑记》是张溥最受评论家关注的散文作品之一。

这篇文章与传统的"唯叙事实，不加议论"的墓碑文字不一样，作者采用了夹叙夹议的叙述手法，而且议论的内容占了很大的比例，叙事不足篇幅的一半。文章正气盎然，陈词慷慨，代表了张溥碑记文的艺术成就。文章开篇用寥寥数语说明了苏州士民为五人筑墓立碑的缘由。五人乃是周顺昌被逮之时"急于义而死焉者也"，是具有大无畏精神的英雄。市民选择在魏忠贤的废祠上埋葬五人，"以旌其所为"，

---

① 褚斌杰：《中国古代文体概论》，北京：北京大学出版社，1984年，第408页。

既体现了民众对阉党的深恶痛绝，也表达了对义士的痛惜悼念。这与张溥本人的情感态度是一致的，也为全文定下了情感基调。在这里，张溥将世人大体分为"富贵之子""慷慨得志之徒"与"草野之无闻者"三类，并提出了一个问题："独五人之皦皦，何也？"突出五人虽然出身"草野"却有着重于泰山之义。既引起了读者的思考，也为后文的议论阐发作了铺垫。文章的中间部分着重叙述了苏州民变和五人被害的情景：

> 予犹记周公之被逮，在丁卯三月之望，吾社之行为士先者，为之声义，敛赀财以送其行，哭声震动天地。缇骑按剑而前，问："谁为哀者？"众不能堪，抶而仆之。

由此可见，当时的情况是"士先而民从"，事态有逐步升级的过程。先是应社的核心人物杨廷枢等为周顺昌筹集资财并代表诸生前述民意，以应对锦衣卫的敲诈和恐吓。但锦衣卫与魏阉互为表里，气焰嚣张，对此颇不以为然，甚至还想使用暴力手段予以镇压。此时现场民众的怒火瞬时达到顶峰——"哭送"的悲痛旋即转为暴力的宣泄。在商人之子颜佩韦等人的领导下，数十万苏州市民暴打捕差，怒追大中丞，充分体现了民众对阉党的深恶痛绝和刻骨仇恨。后来五人因此受诛，刑场上亦不改其志。这段文字叙述夹议论，既清晰地还原了事件的原委，又彰显了以五义士为代表的苏州市民心怀大义、勇于抗争的精神。

文章的后半部分阐发了"亦以明死生之大，匹夫之有重于社稷也"的中心思想。张溥认为出身是否荣显和地位的高低都不能与人生价值画等号。生命的长短和高爵显位都不是人生的价值所在,"不义而生者"和"不义而死者"都是受批判的对象,面对"大阉之乱"不改其志、"激昂大义、蹈死不顾"才是真正的豪杰志士所为,是有价值的人生之所在。周顺昌被逮事件本身对五位义士来说并没有切身的关联,但是强烈的社会责任感使他们不计较个人的得失,甚至付出生命的代价与阉党进行强烈而坚定的抗争。张溥由此将文章主旨升华到"匹夫之有重于社稷也",即平民百姓的社会责任感对国家具有重要意义。

张溥把碑记的写作对象由文臣武将、名门高士转向了下层社会的普通群众,既歌颂了他们的美好品德,也寄寓着自己的理想和思考。在写法上也富有创造性,他并不拘泥于一般传记性文章写人物姓名、籍贯、生平的旧模式,而是只专注于其某一件事迹,深入挖掘其某一个精神层面。文章描写生动,文辞慷慨,思想深刻,具有感人的艺术魅力。

二、直言洽谈、务必当尽

张溥论人以"直"为最高境界,"直"又要满足"当"和"尽"两个要求。《桂叔开稿序》曰:"直之道将何居?论人而不当,直者无处焉;称人而不尽,直者无处焉。惟当与尽,所以为直。"① "当"即恰当,要求选材真实全面,论述详略得当,符合实际情况或客观需要。"尽"即全尽,力求最大限度了解人物的真实情况,对人物作出综合全面的评价。

一般的传记文可以有褒有贬,而行状、墓志文等祭文则有褒无贬。但这并不妨碍张溥在创作时贯彻"当""尽"的原则,创作出既有文学

① (明)张溥:《七录斋合集》,曾肖点校,济南:齐鲁书社,2015年,第337页。

价值又有史学价值的佳作。例如《祭周二南先生文》《祭魏廓园先生文》都是张溥祭文的代表作，这两篇文章都吸取了司马迁《史记》笔法，挑选人物生命轨迹中几件最典型的事件作细致的刻画，不仅具有一定的史料价值，而且把人物描绘得栩栩如生，生动传神。特别是周二南是本是张溥的至交好友周锺的父亲，他对于周锺父子的日常生活十分熟悉，因而在写作《祭周二南先生文》时，不仅记述了二南先生参与的政治事件，梳理了周氏亲族脉络，而且也非常生动地记写了表现周二南先生性格、才情、父子情的一些生活细节：

> 记公负隔疾阅载余，诸君子气凋形削，守视药铛，夜无全寐。面则笑舞劝饭，背则弹指出血，每矢封清月，愿以自代，蓄念笃苦，诚可风感二仪，而岐卢不降，乃至痼滞。客冬之际，公且撷发持筇，善行动，噉甘凿。介生亦迫在途，宾朋燕话，以健举相贺。然酒杯在手，魂魄从父，忽悲不能言，坠地且僵。知子与之情棘矣，亦不度其归车甫庚，公遂大寝也。①

张溥的史传文数目不多，目的在于补足正史。受到篇幅的限制，必须在寥寥数语中勾勒出人物的大致轮廓，这既要求取材有针对性，也要求语言文字高度凝练。为此，张溥在评述人物时往往会引用或化用经书和圣人的言论。如《魏王廷美燕王德昭秦王德芳等传》曰："《春秋》书：'天王杀其弟佞夫。'"②语句出自《春秋·襄公第九》，张溥引

---

① （明）张溥：《七录斋合集》，曾肖点校，济南：齐鲁书社，2015年，第231页。
② （明）张溥：《七录斋合集》，曾肖点校，济南：齐鲁书社，2015年，第552页。

用《春秋》之言，批判宋太宗赵光义为求皇位稳固，逼害兄弟、子侄的暴行，增加了评论的权威性，张溥还常借用古人名篇佳作来发表议论，评价人物或谈论政事。如《王景等列传》张溥在文中叙述王景、杨承信等人早年或落草为寇，或为叛臣之子，因为后来跟随了有识人之术的君主，才弃暗投明，立下赫赫战功的历史。文章最后说："语云：'天下嚣嚣，新主之资'。"语句出自贾谊《过秦论》，意思是天下苦苦哀叫的百姓，正是新皇帝执政才能的表现，只有君主贤明，良将谋臣才能发挥才能，百姓才能安居乐业。

张溥评价历史人物的语言整体给人一种客观冷静之感，即使是在帝王皇室的传文中也是文辞犀利，态度分明。他总是以切直的方式评论人物，其中蕴含的褒扬、贬斥昭然若揭。如《神宗徽宗诸子列传》中前半部分谈论哲宗驾崩后，徽宗登基的原因，后半部分论述徽宗即位后沉溺色艺，荒废朝政，不仅使王朝危机四伏，甚至自己和钦宗赵桓都被金人掳去：

> 徽宗颇广后宫，举男子三十有一。《螽斯》之歌，于斯为盛。女直啸呼，仓卒内禅。青城之辱，二圣北迁，诸子从狩，康王而外，从者鲜矣。信王榛遁迹庆源，两河慕义，马广入奏，中原可图，又为贼臣黄潜善、汪伯彦所阻，孤山西壮士之心。父子兄弟，同葬蛮夷，赵构肉臊，宁足食乎？①

这段文字相比前代史书来看，对宋徽宗的批判可谓是酣畅淋漓，既不用他的书画成就做美饰，也不用大臣的不贤为皇帝开脱，而是就

---

① （明）张溥：《七录斋合集》，曾肖点校，济南：齐鲁书社，2015年，第553页。

事论事，对徽宗的荒诞失职作出直截了当地揭露。应该说，凡是值得后人反复讨论的人物都是具有多面维度的、复杂的圆形人物。张溥评价人物时十分擅长抓住其核心身份、重点事迹，因此在较短的篇幅中总能形成客观、清晰的论断。

为了更好地在史传中实现"当、尽"的目标，也为了不落前人史书的窠臼，张溥在评判历史人物时还注意通过人物所处的政治环境和经历的事件揣摩人物的心态，另辟角度评价人物，给史传文的书写增添了一抹亮色。张溥的《赵普列传》很充分地体现了这一点。北宋名臣赵普是个颇受争议的人物。朱熹评价赵普曰："赵韩王佐太祖区处天下，收许多藩镇之权，立国家三百年之安，岂不是仁者之功？"①脱脱认为赵普的性格虽有不足之处，但是作为"谋国元臣"功在万世。朱元璋格外看重赵普"杯酒释兵权"之策，指出此举"泽被生民"。而到了晚明边患危机加重时，张燧等学者着力批判赵普削弱将权的建议，认为"中国人类几为匈奴之牧马场，皆普一言，兆数百年之祸也！其渝金匮之罪，犹在此下乎！"

上述论断都带有评价者所特有的身份和时代色彩。张溥对赵普虽然持批判态度，但与其他学者不同的是，张溥更加关注赵普处事时体现的品格道德，并由此揣摩一代权臣的心理活动：

> 赵普少长君侧，揣逢时会，革命伊始，鹖冠儒衣，多其
> 谋力……任数持权，宠赂日败，遭大度之主免击，谋室足矣。
> 太宗恋恋爱子，流涎神器，普因以再相，构秦王之狱，背昭

---

① （宋）司马光：《司马温公集编年笺注》卷三，李之亮笺注，成都：巴蜀书社，2009 年，第 170 页。

宪之盟，善结主知，莫大乎此。且河阳之出，有憾寡君，戕
其血胤，谪快私仇，不忠至尤，今犹佚罚。

张溥考察了赵普人生的几次沉浮经历，认为赵普之所以能够发迹，
在于他十分擅长体察君心，这个本事也使赵普整个仕宦生涯总能逢凶
化吉，最终成为一代权臣。但是赵普太过于计较个人得失，而不是以
天下为己任，因此在改立太子之事上他只顾迎合宋太宗的意图，全然
不顾"昭宪之盟"，表现得毫无忠义之信。王朝初定时赵普献削弱将
权之策，也不过是揣摩到了帝王心理。张溥在文章最后借用孔子的话
一语道破了赵普士宦的心态"苟患失之，无所不至"。这句话出自《论
语·阳货》，子曰："鄙夫可与事君也与哉？其未得之也，患得之。既
得之，患失之。苟患失之，无所不至矣。"意思是说，可以和一个鄙夫
一起事奉君主吗？他在没有得到官位时，总担心得不到。已经得到了，
又怕失去它。如果他总在担心失掉官职，那他就什么事都干得出来了。
可谓讽刺辛辣，鞭辟入里。

综上，张溥的散文内容丰富，体裁多样，艺术特色鲜明。在明代
晚期复古模拟之风重振的背景下，他能够脱胎于前人之文而"自铸伟
词"。他的散文结构多变，句式灵活，叙议结合，擅长采用比喻、对
比、排比、正反论证、拟人等手法，增强了文章的情感和论证说服力。
呈现出"灵活自由"的特点。作文擅长引经据典，发挥经史造诣，增
添了文章的文采与内涵，使得散文呈现出古朴雅致的特点。这使张溥
的散文在复古流派和晚明文人群体中具有独特性，在文坛上有其价值
和地位。

结　语

　　张溥是明末的风云人物，一生涉足科场、政坛和社局，具有极高的士林地位和社会影响力。他也是明朝晚期著名文学家，不仅精通诗歌、散文，而且在史学、经学等领域也有很深的造诣。他一生创作了千余篇散文作品，这些文章体现了张溥的政治观、哲学观。人生观，也描绘了他一生的心路轨迹。

　　对张溥文学的研究不可能绕开其所处的时代背景和其社魁身份。明末复杂动荡的时局使他产生了强烈的用世之心，与阉党和温党的长期对垒使张溥坚定了自己的政治立场，深邃的社会观察和经世济民的抱负丰富了他的文学思想，并使他形成了实用主义的文学观。复社社魁的身份让他与更多的有志文士成为同道，多次声势浩大的社事活动扩大了他的人际交往，振奋了他的精神力量，并巩固了张溥的文坛地位。

　　张溥的散文具有很强的实用性，这与他所生活的特殊时代密不可分。他关注政治，关注现实，因而笔触更多地集中于探讨政治、军事和社会民生等方面，即便是写予朋友聊表问候的信件，也离不开对社会现状的感叹。张溥的仕宦生涯十分短暂，然而在朝堂的一年光景使他真切地感受到了官员阶层的腐化平庸、政治制度的止步不前和士民风气的普遍堕落。他以散文为载体，剖析并试图解决国家出现的各种问题，军事边防、经济民生及世风教化等方面在他的散文中都有独到的见解。除了军政时事，张溥也用大量的文墨聚焦身边的人情世事。这些文章反映了他的处事原则，并真实而全面地展现了明末士大夫的生活图景。

张溥虽不以文学为主业，却有着数量不菲的文学创作和文学批评，并形成了较为系统的文学思想，这在明末社团文人中并不多见。他坚定地举起复古的旗帜，推尊汉魏，兼采唐宋八家，掀起了明末复古运动的浪潮。作为复古派的支持者，张溥的文学观念既有对前后七子复古主张的继承，也有总结复古得失后的改良。除此之外，张溥的散文兼具思想性和审美性，有着重要的社会价值和较为高超的艺术表现。本书最初设想，在研究张溥的同时，对张采、周锺、陈子龙等社团文人作一横向比较，既可寻找明末社团文人的共性，也可进一步体现张溥在晚明文坛上的价值和地位。但由于本人笔力有限，文献查找工作亦不到位，最终未能如愿，这给本书留下不小的遗憾。

参考文献

一、著作

[1]（明）张溥．七录斋合集 [M]．曾肖，点校．济南：齐鲁书社,2015.

[2]（明）张溥．汉魏六朝百三家集题辞注 [M]．殷孟伦，注．北京：人民文学出版社,1960.

[3]（明）陈子龙．陈子龙诗集 [M]．上海：上海古籍出版社,2006.

[4]（明）张燮．七十二家集题辞笺注 [M]．王京州，注．上海：上海古籍出版,2016.

[5]（明）王世贞．弇山堂别集 [M]．上海：上海古籍出版社,2017.

[6]（明）张采．知畏堂文存 [M]．四库禁毁书丛刊本．北京：北京出版社,1997.

[7]（明）金日升．颂天胪笔 [M]．续修四库全书本．上海：上海古籍出版社,2002.

[8]（清）计东．改亭诗文集 [M]．上海：上海古籍出版社,2010.

[9]（明）顾炎武．顾亭林诗集 [M]．北京：中华书局,1985.

[10]（清）陆世仪．复社记略 [M]．续修四库全书本．上海：上海古籍出版社,2002.

[11]（明）顾炎武．日知录 [M]．兰州：甘肃民族出版社,1997.

[12]（清）朱彝尊 . 静志居诗话 [M]. 北京：人民文学出版社 ,1990.

[13]（清）杜登春 . 社事始末 [M]. 北京：中华书局 ,1985.

[14]（明）冯琦原 . 宋史纪事本末 [M]. 北京：中华书局 ,1955.

[15] 明实录 [M]. 红格钞本 . 北京：线装书局 ,2005.

[16]（明）宋濂 , 等 . 元史 [M]. 北京：中华书局 ,1976.

[17]（清）谷应泰 . 明史纪事本末 [M]. 北京：中华书局 ,1977.

[18] 孟森 . 明清史讲义 [M]. 北京：中华书局 ,1981.

[19]（清）张廷玉 . 明史 [M]. 北京：中华书局 ,1997.

[20] 白寿彝 . 中国通史（明代卷）[M]. 上海：上海人民出版社 ,1999.

[21] 陈振 . 宋史 [M]. 上海：上海人民出版社 ,2003.

[22] 樊树志 . 晚明史 [M]. 上海：复旦大学出版社 ,2014.

[23] 袁震宇 , 刘明今 . 明代文学批评史 [M]. 上海：上海古籍出版社 ,1991.

[24] 郭英德 . 明清文学史讲演录 [M]. 桂林：广西师范大学出版社 ,2005.

[25] 王水照 . 历代文话 [M]. 上海：复旦大学出版社 ,2007.

[26] 罗宗强 . 明代文学思想史 [M]. 北京：中华书局 ,2013.

[27] 郭预衡 . 中国散文史长编 [M]. 太原：山西教育出版社 ,2008.

[28] 朱倓 . 明季社党研究 [M]. 重庆：商务印书馆 ,1945.

[29] 蒋逸雪 . 张溥年谱 [M]. 济南：齐鲁书社 ,1982.

[30] 廖可斌 . 明代文学复古运动研究 [M]. 上海：上海古籍出版社 ,1994.

[31] 钱杭 , 承载 . 十七世纪江南社会生活 [M]. 杭州：浙江人民出版社 ,1996.

[32] 钱穆 . 中国近三百年学术史 [M]. 北京：商务印书馆 ,1997.

[33] 黄明光 . 明代科举制度研究 [M]. 桂林：广西师范大学出版社 ,2000.

[34] 何宗美 . 明末清初文人结社研究 [M]. 天津：南开大学出版社 ,2003.

[35] 谢国桢 . 明清之际党社运动考 [M]. 上海：上海书店出版社 ,2004.

[36] 邓绍基，史铁良 . 明代文学研究 [M]. 北京：北京出版社 ,2001.

[37] 张舜徽 . 爱晚庐随笔 [M]. 武汉：华中师范大学出版社 ,2005.

[38] [日]小野和子.明季党社考[M].李庆，张荣湄.译.上海:上海古籍出版社,2006.

[39] 何宗美 . 明末清初文人结社研究续编 [M]. 北京：中华书局 ,2006.

[40] 傅承洲 . 明代文人与文学 [M]. 北京：中华书局 ,2007.

[41] 吴志达 . 明代文学与文化 [M]. 武汉：武汉大学出版社 ,2010.

[42] 丁国祥 . 复社研究 [M]. 南京：凤凰出版社 ,2011.

[43] 王凯旋 . 明代科举制度研究 [M]. 沈阳：万卷出版公司 ,2012.

[44] 梁启超 . 中国近三百年学术史 [M]. 北京：商务印书馆 ,2011.

[45] 王运熙 . 中国古代文论管窥 [M]. 上海：上海古籍出版社 ,2014.

[46] 杨树增，马士远 . 儒学与中国古代散文 [M]. 北京：中国社会科学出版社 ,2017.

二、论文：

[1] 容肇祖 . 述复社 [J]. 北京大学研究年国学月刊 ,1936(1-12):145-150.

[2] 容肇祖 . 明末复社领袖张溥 [J]. 读书与出版 ,1948(5):33-37.

[3] 郭绍虞 . 明代的文人集团 [J]. 文艺复兴 ,1948:86-118

[4] 蒋逸雪 . 评张溥《五人墓碑记》[J]. 扬州师院学报，1978(3):20-24.

[5] 蓝锡麟 . 谈《五人墓碑记》[J]. 四川师范大学学报（社会科学版）,1981(2):87-91.

[6] 符冰，柯勤 . 复社领袖张溥 [J]. 苏州教育学院学报 ,1992(2):32-33.

[7] 钟涛 . 张溥文学思想管窥 [J]. 青海民族学院学报（社会科学版），1994(2):77-84.

[8] 何宗美.复社的文学思想初探——以钱、张、吴、陈等为对象 [J]. 中国文学研究，2004(2):3-8.

[9] 曾肖.从《汉魏六朝百三家集题辞》看张溥"知人论世"方法的运用 [J]. 暨南学报（人文科学与社会科学版),2006(5):122-126.

[10] 何宗美.《谭元春集》复社成员考——兼论复社与竟陵派的相互影响 [J]. 中国典籍与文化 ,2006(2):90.

[11] 李江峰.从《汉魏六朝百三家集·题辞》看张溥的文学思想 [J]. 唐都学刊，2006(1): 4-8.

[12] 吴承学.明代文章总集与文体学——以《文章辨体》等三部总集为中心 [J]. 文学遗产 ,2008(6):84-94.

[13] 张余.《张溥年谱》补正 [J]. 江苏教育学院学报（社会科学版),2009(3) : 103-105.

[14] 曾肖.论竟陵派后期与复社结合的深层原因 [J]. 甘肃社会科学，2011(2): 28-30.

[15] 王京州.张溥《汉魏六朝百三家集题辞》"论者"考释 [J]. 中国典籍与文化，2015(2): 37-40.

[16] 张涛.社群联盟格局:晚明文坛的主流文学样态——以应社与复社关系为重点论述复社联盟进程 [J]. 苏州大学学报（哲学社会科学版),2016(2):152-159.

[17] 陆岩军.论复社主盟张溥的影响和意义 [J]. 重庆邮电大学学报（社会科学版），2017(2):135-141.

[18] 王恩俊.复社研究 [D/OL]. 长春：东北师范大学 ,2007.

[19] 莫真宝.张溥文学思想研究 [D/OL]. 北京：首都师范大学 ,2008.

[20] 陆岩军.张溥研究 [D/OL]. 上海：复旦大学 ,2008.

[21] 郑永慧 . 张溥八股文编选活动考论 [D/OL]. 武汉 : 华中师范大学 , 2013.

[22] 由迅 . 明代湖北经学研究 [D/OL]. 武汉 : 华中师范大学 , 2017.